O Estrangeiro

ALBERT CAMUS

Tradução de

Valerie Rumjanek e Cristina Prado

1ª edição

EDITORA RECORD
RIO DE JANEIRO • SÃO PAULO

2025

CIP-BRASIL. CATALOGAÇÃO NA PUBLICAÇÃO
SINDICATO NACIONAL DOS EDITORES DE LIVROS, RJ

C218e Camus, Albert, 1913-1960
O estrangeiro / Albert Camus ; tradução Valerie Rumjanek, Cristina Prado ; revisão de tradução Manuel da Costa Pinto. - 1. ed. - Rio de Janeiro : Record, 2025.

Edição especial
Tradução de: L' étranger
ISBN 978-85-01-92314-1
"Explicação de *O estrangeiro*, de Jean-Paul Sartre"

1. Ficção francesa. I. Rumjanek, Valerie. II. Prado, Cristina. III. Pinto, Manuel da Costa. IV. Título.

CDD: 844
25-97653.0 CDU: 82-3(44)

Gabriela Faray Ferreira Lopes - Bibliotecária - CRB-7/6643

Texto revisado segundo o Acordo Ortográfico da Língua Portuguesa de 1990.

Impresso no Brasil

ISBN 978-85-01-92314-1

O Estrangeiro

EXPLICAÇÃO DE
O ESTRANGEIRO[1]

Por Jean-Paul Sartre

1 Originalmente em *Cahiers du Sud*, nº 253, fevereiro de 1943, p. 189-206. [N. T.]

Mal saído da prensa, *O estrangeiro*, de Camus, conheceu enorme êxito. Repetia-se que era "o melhor livro desde o armistício". Em meio à produção literária da época, esse romance era ele mesmo um estrangeiro. Vinha-nos do outro lado do equador, do outro lado do mar; falava-nos do sol, nesta acre primavera sem carvão, não como uma maravilha exótica, mas com a familiaridade cansada dos que o desfrutaram em demasia; não se preocupava em enterrar uma vez mais e com as próprias mãos o Antigo Regime nem em nos imbuir do sentimento de nossa indignidade; lembrávamos ao lê-lo que já houvera obras que pretendiam valer por si mesmas e nada provar. Mas em contrapartida a essa gratuidade o romance ficava bastante ambíguo: como se deveria compreender esse personagem que no dia seguinte à morte da mãe "tomava banho de mar, iniciava um relacionamento informal e ia rir diante de um filme cômico",[2] que matava um árabe "por causa do sol"[3] e que, na véspera de sua execução, afirmando que "tinha sido feliz e que ainda o era",[4] desejava muitos

2 Página 168 desta edição. [N. E.]

3 Página 179 desta edição. [N. E.]

4 Página 204 desta edição. [N. E.]

espectadores em torno do cadafalso para que o "recebessem com gritos de ódio"?[5] Alguns diziam: "É um néscio, um pobre coitado"; outros, mais inspirados: "É um inocente." Restaria, no entanto, compreender o sentido dessa inocência.

Em *O mito de Sísifo*,[6] publicado alguns meses mais tarde, Camus nos deu o comentário exato de sua obra: seu herói não era nem bom nem mau, nem moral nem imoral. Essas categorias não lhe convêm: ele faz parte de uma espécie muito singular à qual o autor reserva o nome de *absurdo*. Mas sob a pena de Camus essa palavra assume duas significações muito diferentes: o absurdo é, ao mesmo tempo, um estado de fato e a consciência lúcida que certas pessoas adquirem desse estado. É "absurdo" o homem que em face de uma absurdidade fundamental indefectivelmente tira as conclusões que se impõem. Há aí o mesmo deslocamento de sentido que ocorre quando chamamos de "*swing*" uma juventude que dança

---

5 Página 204 desta edição. [N. E.]

6 Há disponíveis no momento duas edições de *O mito de Sísifo* publicadas pela Editora Record: uma edição brochura (2017) e uma edição em capa dura, dentro do boxe que reúne quatro obras de Albert Camus (2020). Para melhor localizar os leitores nas notas deste texto, colocaremos nas notas de rodapé as informações referentes ao boxe entre colchetes.

o *swing*. O que é então o absurdo como estado de fato, como dado original? Nada menos que a relação do homem com o mundo. A absurdidade primordial manifesta antes de tudo um divórcio: o divórcio entre as aspirações do homem quanto à unidade e o dualismo insuperável do espírito e da natureza, entre o impulso do homem em direção ao eterno e o caráter *finito* de sua existência, entre a "inquietação", que é sua própria essência, e a vaidade de seus esforços. A morte, o pluralismo irredutível das verdades e dos seres, a ininteligibilidade do real, o acaso: eis os polos do absurdo. Na verdade, esses não são temas muito novos e Camus tampouco os apresenta como tais. Eles foram inventariados, desde o século XVII, por uma certa espécie de razão seca, curta e contemplativa que é propriamente francesa: serviram de lugares-comuns ao pessimismo clássico. Não é [Blaise] Pascal que insiste na "desgraça natural de nossa condição débil e mortal e tão miserável que nada pode nos consolar quando nela pensamos de perto"?[7] Não é ele que indica o seu lugar da razão? Não aprovaria ele incondicionalmente esta frase de

7 Pascal, Blaise. OEuvres complètes. Paris: Seuil, 1963. [N. E.]

Camus: "O mundo para ele não é tão racional, nem irracional a tal ponto"?[8] Não nos mostra ele que o "hábito" e a "diversão" mascaram ao homem "seu nada, seu abandono, sua insuficiência, sua impotência, seu vazio"? Pelo estilo glacial de *O mito de Sísifo*, pelo tema de seus ensaios, Camus se situa na grande tradição desses moralistas franceses que [Charles] Andler com razão denomina "os precursores de Nietzsche"; quanto às dúvidas que levanta ao alcance de nossa razão, estão na tradição mais recente da epistemologia francesa. Se pensarmos no nominalismo científico, em [Henri] Poincaré, em [Pierre] Duhem, em [Émile] Meyerson, entenderemos melhor a repreensão que nosso autor dirige à ciência moderna em *O mito de Sísifo*: "... me falam de um sistema planetário invisível no qual os elétrons gravitam em torno de um núcleo. Explicam-me este mundo com uma imagem. Então percebo que vocês chegaram à poesia..."[9] É o que exprime por sua vez, e quase no mesmo momento, um autor que bebe nas mesmas fontes:

---

8 Camus, 2017 [2020], p. 62 [82]. [N. E.]

9 Camus, 2017 [2020], p. 34 [42]. [N. E.]

> [A física] emprega indiferentemente modelos mecânicos, dinâmicos ou até psicológicos, como se, liberada de pretensões ontológicas, se tornasse indiferente às antinomias clássicas do mecanismo ou do dinamismo que supõem uma natureza em si.[10]

Camus emprega algum coquetismo ao citar textos de Jaspers, Heidegger e Kierkegaard, que, aliás, nem sempre parece compreender muito bem. Mas seus verdadeiros mestres estão em outra parte: o torneado de seus raciocínios, a clareza de suas ideias, o talhe de seu estilo de ensaísta e um certo gênero de sinistro solar, ordenado, cerimonioso e desolado, tudo anuncia um clássico, um mediterrâneo. Não há nada nele, nem mesmo seu método — "Só o equilíbrio entre a evidência e o lirismo nos permite aceder ao mesmo tempo à emoção e à clareza"[11] —, que não faça pensar nas antigas "geometrias apaixonadas" de Pascal e de Rousseau e que não o aproxime, por exemplo, de [Charles] Maurras — também ele um mediterrâneo, embora difiram sob vários aspectos

---

10 Merleau-Ponty, Maurice. *La Structure du comportement*. Paris: La Renaissance du Livre, 1942, p. 1. [N. E.]

11 Camus, 2017 [2020], p. 18 [19]. [N. E.]

— bem mais do que de um fenomenólogo alemão ou de um existencialista dinamarquês.

Camus certamente concordaria de bom grado com tudo isso. A seus olhos, sua originalidade está em ir até o fim de suas ideias — afinal, para ele não se trata de colecionar máximas pessimistas. Por certo o absurdo não está nem no homem nem no mundo, se os tomamos à parte; mas, como a característica essencial do homem é "estar no mundo", o absurdo acaba por coincidir com a condição humana. Também não é o objeto imediato de uma simples noção: ele nos é revelado por uma iluminação desolada. "Acordar, bonde, quatro horas no escritório ou na fábrica, almoço, bonde, quatro horas de trabalho, jantar, sono, e segunda terça quarta quinta sexta e sábado no mesmo ritmo",[12] e depois, de repente, acontece de "cenários desabarem"[13] e chegamos a uma lucidez sem esperança. Então, se sabemos recusar o socorro enganoso das religiões ou das filosofias existenciais, mantemos algumas evidências essenciais: o mundo

---

12 Camus, 2017 [2020], p. 27 [33]. [N. E.]

13 Camus, 2017 [2020], p. 27 [33]. [N. E.]

é um caos, "a divina equivalência que nasce da anarquia";[14] não há amanhã, já que morremos.

> [N]um universo repentinamente privado de ilusões e de luzes, pelo contrário, o homem se sente um estrangeiro. É um exílio sem solução, porque está privado das lembranças de uma pátria perdida ou da esperança de uma terra prometida.[15]

É que, de fato, o homem *não* é o mundo:

> Se eu fosse uma árvore entre as árvores (...), a vida teria um sentido ou, antes, o problema não teria sentido porque eu faria parte desse mundo. Eu *seria* esse mundo ao qual me oponho agora com toda a minha consciência (...). Esta razão, tão irrisória, é a que me opõe a toda a criação.[16]

Assim já se explica em parte o título de nosso romance: o estrangeiro é o homem em face do mundo; Camus poderia muito bem ter escolhido para designar sua obra o título de um romance de George Gissing:

---

14 Camus, 2017 [2020], p. 65 [88]. [N. E.]

15 Camus, 2017 [2020], p. 20 [22]. [N. E.]

16 Camus, 2017 [2020], p. 66 [89]. [N. E.]

Born in Exile [Nascido no exílio]. O estrangeiro é também o homem entre os homens: "há dias em que (...) vemos como uma estranha aquela mulher que amamos".[17] É, enfim, eu-mesmo em relação a mim mesmo, quer dizer, o homem da natureza em relação ao do espírito: "o estranho que, em certos instantes, vem ao nosso encontro num espelho".[18]

Mas isso não é tudo: há uma paixão pelo absurdo. O homem absurdo não se suicidará: ele quer viver, sem abdicar de nenhuma de suas certezas, sem amanhã, sem esperança, sem ilusão, sem resignação tampouco. O homem absurdo se afirma na revolta. Ele fixa a morte com uma atenção apaixonada, e essa fascinação o liberta: ele conhece a "divina disponibilidade"[19] do condenado à morte. Tudo é permitido, já que Deus não existe e já que morremos. Todas as experiências são equivalentes, e convém tão somente adquiri-las na maior quantidade possível. "O presente e a sucessão de presentes diante de uma alma permanentemente consciente, eis o ideal do homem

17 Camus, 2017 [2020], p. 29 [35]. [N. E.]

18 Camus, 2017 [2020], p. 29 [36]. [N. E.]

19 Camus, 2017 [2020], p. 73 [99]. [N. E.]

absurdo."[20] Todos os valores desmoronam perante essa "ética da quantidade";[21] o homem absurdo, jogado neste mundo, revoltado, irresponsável, não tem "nada a justificar".[22] Ele é *inocente*. Inocente como aqueles primitivos de que fala Somerset Maugham, antes da chegada do pastor que lhes ensina o Bem e o Mal, o permitido e o proibido: para ele *tudo* é permitido. Inocente como o príncipe Michkin, que "vive num perpétuo presente, matizado de sorrisos e de indiferença". Um inocente em todos os sentidos do termo, um "idiota" também, se quiserem. E agora compreendemos plenamente o título do romance de Camus. O estrangeiro que ele quer descrever é justamente um desses terríveis inocentes que fazem o escândalo de uma sociedade porque não aceitam as regras de seu jogo. Vive entre estrangeiros mas também é um estrangeiro para eles. É por isso que alguns o amarão, como Marie, sua amante, que o quer porque ele era "uma pessoa estranha";[23] e outros o

---

20 Camus, 2017 [2020], p. 77 [105]. [N. E.]

21 Camus, 2017 [2020], p. 88 [121]. [N. E.]

22 Camus, 2017 [2020], p. 82 [113]. [N. E.]

23 Página 100 desta edição. [N. E.]

detestarão por isso, como aquela multidão do tribunal cujo ódio ele sente subitamente crescer em sua direção. E nós mesmos, que ao abrir o livro ainda não estamos familiarizados com o sentimento do absurdo, em vão tentaríamos julgá-lo segundo nossas normas habituais: também para nós ele é um estrangeiro.

Assim é que, aberto o livro, o leitor irá se chocar ao ler no: "Pensei que passara mais um domingo, que mamãe agora já estava enterrada, que ia retomar o trabalho e que, afinal, nada mudara."[24] Esse choque, deliberado, é o resultado de seu primeiro encontro com o absurdo. Mas certamente ele espera que ao prosseguir a leitura verá seu mal-estar se dissipar, que tudo será aos poucos esclarecido, fundamentado na razão, explicado. Sua esperança se frustra: *O estrangeiro* não é um livro que explica; o homem absurdo não explica, ele descreve. Tampouco é um livro que prova. Camus tão somente propõe e não se preocupa em justificar o que é, por princípio, injustificável. *O mito de Sísifo* vai nos mostrar de que maneira devemos acolher o romance de nosso autor. Com efeito, ali encontramos a teoria do romance

---

24 Página 76 desta edição. [N. E.]

absurdo. Embora a absurdidade da condição humana seja seu único tema, não é um romance de tese, não emana de um pensamento "satisfeito" e que se presta a fornecer suas peças justificativas; é, ao contrário, o produto de um pensamento "limitado, mortal e rebelde".[25] Ele prova por si mesmo a inutilidade da razão raciocinante:

> a opção que fizeram [os grandes romancistas] de escrever com imagens mais que com raciocínios revela um certo pensamento que lhes é comum, persuadido da inutilidade de todo princípio de explicação e convencido da mensagem instrutiva da aparência sensível.[26]

Assim, o simples fato de emitir sua mensagem sob forma romanesca revela em Camus uma humildade altiva. Não a resignação, mas o reconhecimento revoltado dos limites do pensamento humano. É verdade que ele acreditou dever dar à sua mensagem romanesca uma tradução filosófica, que é precisamente *O mito de Sísifo* — e veremos mais adiante o que

---

25 Camus, 2017 [2020], p. 132 [188]. [N. E.]

26 Camus, 2017 [2020], p. 118 [165]. [N. E.]

se deve pensar dessa dublagem —, mas a existência dessa tradução não altera de modo algum a gratuidade do romance. O criador absurdo, de fato, perdeu até a ilusão de que sua obra é necessária. Ele quer, ao contrário, que lhe apreendamos perpetuamente a contingência; deseja que escrevamos em epígrafe: "Poderia não ter sido" — como Gide queria que escrevêssemos no fim de *Os moedeiros falsos*: "Poderia ser continuado." Poderia não ter sido: como esta pedra, como este curso de água, como este rosto; é um presente que se dá simplesmente, como todos os presentes do mundo. Ela não tem nem mesmo a necessidade subjetiva que os artistas ordinariamente reivindicam para suas obras quando dizem: "Não podia deixar de escrevê-la, precisava me livrar dela." Reencontramos aqui, passado pelo crivo do sol clássico, um tema do terrorismo surrealista: a obra de arte é apenas uma folha destacada de uma vida. Ela a expressa, é certo; mas poderia não tê-la expressado. E ademais tudo se equivale: escrever *Os possessos* ou tomar um café com leite. Assim, Camus não reivindica do leitor a solicitude atenta que exigem os escritores que "sacrificaram sua vida pela sua arte". *O estrangeiro* é uma folha de sua vida. E como a vida mais absurda deve ser a vida mais estéril, seu romance quer ser de uma esterilidade magnificente. A arte é uma generosidade inútil. Não nos assustemos demais: sob os paradoxos de Camus reconheço certas ponderações judiciosas de Kant acerca da "finalidade sem fim" do belo. De todo modo, *O estrangeiro* está aí, separado de uma vida, injustificado, injustificável, estéril, instantâneo, já largado por seu autor, abandonado por outros presentes. E é assim que devemos tomá-lo: como uma comunhão brusca de dois homens, o autor e o leitor, no absurdo, para além das razões.

Eis o que nos dá ideia da maneira como devemos encarar o herói de *O estrangeiro*. Se Camus tivesse desejado escrever um romance de tese, não lhe teria sido difícil mostrar um funcionário reinando no seio de sua família e depois, subitamente tomado pela intuição do absurdo, debatendo-se por um momento e resolvendo-se enfim a viver o absurdo fundamental de sua condição — o leitor teria sido persuadido ao mesmo tempo que o personagem e pelas mesmas razões. Ou, ainda, ele nos teria contado a vida de um desses santos da absurdidade que ele enumera em *O mito de Sísifo* e que têm sua particular predileção: o Don Juan, o Ator, o Conquistador, o Criador. Mas não foi isso que ele fez, de modo que Meursault, o herói de *O estrangeiro*, permanece ambíguo mesmo para o leitor familiarizado com as teorias do absurdo. É certo, porém, que somos assegurados de que ele é absurdo e a lucidez impiedosa é o seu principal caráter. Além disso, em mais de um ponto ele é construído de modo a nos fornecer uma ilustração premeditada das teorias sustentadas em *O mito de Sísifo*. Lê-se nesta obra, por exemplo: “Um homem é mais homem pelas coisas que silencia do que pelas que diz.”[27] E Meursault é um exemplo desse silêncio viril, dessa recusa em falar por falar: “[Perguntaram-lhe] se reparara que eu era fechado e ele reconheceu apenas que eu não falava por falar.”[28] E duas linhas acima a mesma testemunha de defesa declarara, precisamente, que Meursault “era um homem”: “[Perguntaram-lhe] sobre o que queria dizer com isso, ele declarou que todo mundo sabia o que isso queria dizer.”[29] Da mesma forma, Camus se explica longamente sobre o amor em *O mito de Sísifo*: “Só chamamos de amor o que nos

---

27 Camus, 2017 [2020], p. 101 [142]. [N. E.]

28 Página 165 desta edição. [N. E.]

29 Página 165 desta edição. [N. E.]

une a certos seres por influência de um ponto de vista coletivo gerado nos livros e nas lendas."[30] E paralelamente lemos em *O estrangeiro*: "Quis, então, saber se eu a amava. Respondi que isso nada queria dizer, mas que provavelmente não a amava."[31] Desse ponto de vista, o debate que se institui no tribunal e no espírito do leitor em torno da questão "Meursault amava sua mãe?" é duplamente absurdo. Primeiro, como diz o advogado: "Afinal, ele é acusado de ter enterrado a mãe ou de matar um homem?"[32] Mas sobretudo a palavra "amar" não tem sentido. É certo que Meursault colocara sua mãe no asilo, porque lhe faltava dinheiro e porque "não tinha mais nada a dizer-lhe".[33] É certo também que não ia vê-la frequentemente, "porque a visita [lhe] tomava o domingo, sem contar o esforço para ir até o ônibus, pegar as passagens e fazer duas horas de viagem".[34] Mas o que isso significa? Não está ele por inteiro no presente, por inteiro em seus humores presentes?

---

30 Camus, 2017 [2020], p. 89 [123]. [N. E.]

31 Página 99 desta edição. [N. E.]

32 Página 171 desta edição. [N. E.]

33 Página 168 desta edição. [N. E.]

34 Página 52 desta edição. [N. E.]

O que chamamos de sentimento é apenas a unidade abstrata e a significação de impressões descontínuas. Não penso sempre naqueles que amo, mas afirmo que os amo mesmo quando não penso nisso — e seria capaz de comprometer minha tranquilidade em nome de um sentimento abstrato, na ausência de toda emoção real e instantânea. Meursault pensa e age diferentemente: não quer conhecer esses grandes sentimentos contínuos e todos iguais; para ele o amor não existe, nem mesmo os amores. Só o presente conta, o concreto. Ele vai ver sua mãe quando tem vontade, eis tudo. Se tal vontade lhe ocorre, será suficientemente forte para fazê-lo tomar o ônibus, visto que essa outra vontade concreta terá força suficiente para fazer esse indolente correr a todo vapor e saltar num caminhão em marcha. Ademais, ele sempre denomina sua mãe terna e infantilmente de "mamãe" e não perde uma ocasião de compreendê-la e de identificar-se com ela. "[D]o amor só conheço a mistura de desejo, ternura e entendimento que me liga a determinado ser."[35] Vê-se então que não se poderia negligenciar o lado *teórico* do caráter de Meursault. Da mesma forma, muitas de

35 Camus, 2017 [2020], p. 89 [123]. [N. E.]

suas aventuras têm como principal motivo dar relevo a tal ou tal aspecto da absurdidade fundamental. Havíamos visto que em *O mito de Sísifo*, por exemplo, exalta-se a "divina disponibilidade do condenado à morte diante do qual em certa madrugada as portas da prisão se abrem"[36] — e foi para nos fazer fruir essa madrugada e essa disponibilidade que Camus condenou seu herói à pena capital. "Como não tinha percebido", ele o faz dizer, "que nada havia de mais importante do que uma execução (...), e que enfim era a única coisa verdadeiramente interessante para um homem!".[37] Poderíamos multiplicar os exemplos e as citações. No entanto, esse homem lúcido, indiferente, taciturno não é inteiramente construído somente em razão da causa. Não há dúvida de que o caráter, uma vez esboçado, arrematou-se por si só: o personagem por certo adquiriu um peso próprio. A verdade é que sua absurdidade não nos parece conquistada, mas dada: ela é assim, eis tudo. Ele terá sua iluminação na última página, mas viveu desde sempre segundo as normas de Camus. Se houvesse uma graça do

---

36 Camus, 2017 [2020], p. 73 [99]. [N. E.]

37 Páginas 188 e 189 desta edição. [N. E.]

absurdo, seria preciso dizer que ele a possui. Não parece colocar-se nenhuma das questões tratadas em *O mito de Sísifo*; não sentimos também que estivesse revoltado antes de ser condenado à morte. Era feliz, deixava-se levar, e sua felicidade de fato não parece ter provado aquela mordida recôndita que Camus assinala repetidamente em seu ensaio e que vem da presença obcecante da morte. Mesmo sua indiferença frequentemente parece indolência, como no domingo em que fica em casa por simples preguiça e confessa que ficou "um pouco entediado"[38]. Assim, mesmo para um olhar absurdo, o personagem guarda uma opacidade própria. Não é o Don Juan nem o Dom Quixote do absurdo; muitas vezes até poderíamos pensar que é o seu Sancho Pança. Ele está aí, ele existe, e não podemos nem compreendê-lo nem julgá-lo totalmente; enfim, ele vive, e é tão somente sua densidade romanesca que pode justificá-lo a nossos olhos.

No entanto, não se deveria ver *O estrangeiro* como uma obra totalmente gratuita. Camus distingue, já o dissemos, o *sentimento* e a *noção* do absurdo. Em *O mito de Sísifo*, ele escreve: "Como as grandes

---

38 Página 72 desta edição. [N. E.]

obras, os sentimentos profundos significam sempre mais do que têm consciência de dizer. (...) Os grandes sentimentos levam consigo o seu universo, esplêndido ou miserável."[39] E mais adiante acrescenta: "O sentimento do absurdo não é, portanto, a noção do absurdo. Ele a funda, simplesmente. Não se resume a ela (...)."[40] Poderíamos dizer que *O mito de Sísifo* visa nos dar essa *noção* e que *O estrangeiro* quer nos inspirar esse sentimento. A ordem de publicação das duas obras parece confirmar essa hipótese: *O estrangeiro*, lançado primeiro, nos mergulha sem comentários no "clima" do absurdo; o ensaio vem em seguida para iluminar a paisagem. Ora, o absurdo é o divórcio, o deslocamento. *O estrangeiro* seria então um romance do deslocamento, do divórcio, do desterro. Daí sua hábil construção: por um lado, o fluxo cotidiano e amorfo da realidade vivida; por outro, a recomposição edificante dessa realidade pela razão humana e pelo discurso. É preciso que o leitor, tendo sido inicialmente posto em presença da realidade pura, a reencontre, sem reconhecê-la, na

39 Camus, 2017 [2020], p. 25 [30]. [N. E.]

40 Camus, 2017 [2020], p. 43 [56]. [N. E.]

sua transposição racional. Daí nascerá o sentimento do absurdo, quer dizer, da impotência em que nos encontramos para *pensar* os acontecimentos do mundo com nossos conceitos, com nossas palavras. Meursault enterra sua mãe, arranja uma amante, comete um crime. Esses diferentes fatos serão relatados pelas testemunhas e explicados pelo promotor durante seu julgamento: Meursault terá a impressão de que falam de um outro. Tudo é construído para levar subitamente à explosão de Marie, que, tendo feito no banco das testemunhas uma narrativa composta segundo as regras humanas, desata a chorar e diz "que não era nada disso, que a coisa era diferente, que a obrigavam a afirmar o contrário do que pensava".[41] Esses jogos de espelho são correntemente usados desde *Os moedeiros falsos*. Não está aí a originalidade de Camus. Mas o problema que ele deve resolver vai lhe impor uma forma original: para que sintamos o deslocamento entre as conclusões do promotor e as verdadeiras circunstâncias do homicídio, para que ao fechar o livro mantenhamos a impressão de uma justiça absurda que jamais poderá compreender ou

41 Página 168 desta edição. [N. E.]

apreender os fatos que se propõe punir, é preciso que tenhamos sido postos em contato com a realidade ou com uma de suas circunstâncias. Mas para estabelecer esse contato Camus dispõe apenas, como promotor, de palavras e conceitos; é-lhe necessário descrever com palavras, juntando pensamentos, o mundo antes das palavras. A primeira parte de *O estrangeiro* poderia intitular-se, como um livro recente, *Traduit du silence*.[42] Tocamos aqui num mal comum a muitos escritores contemporâneos e cujas primeiras manifestações percebo em Jules Renard; eu o chamarei de "obsessão do silêncio". [Jean] Paulhan certamente veria nisso um efeito do terrorismo literário. Ele assume várias formas, desde a escrita automática dos surrealistas até o famoso "teatro do silêncio" de Jean-Jacques Bernard. É que o silêncio, como disse Heidegger, é o modo autêntico da fala. Só se cala quem pode falar. Camus fala muito — em *O mito de Sísifo* chega a tagarelar —, e, no entanto, confia-nos seu amor pelo silêncio. No ensaio, ele cita Kierkegaard — "O mais seguro dos mutismos não é

42 Bousquet, Joe. *Traduit du silence*. Paris: Gallimard, 1941. [N. E.]

calar-se, mas falar"* — e acrescenta que um "homem é mais homem pelas coisas que silencia do que pelas que diz"[43]. Assim, em *O estrangeiro* ele se dispôs a *calar-se*. Mas como calar-se com palavras? Como traduzir com conceitos a impensável e desordenada sucessão dos presentes? Esse desafio implica o recurso a uma nova técnica.

Qual é essa técnica? Disseram-me: "É Kafka escrito por Hemingway." Confesso que não reconheci Kafka. As perspectivas de Camus são todas terrestres. Kafka é o romancista da transcendência impossível: o universo, para ele, é carregado de signos que não compreendemos; há um reverso do pano de fundo. Para Camus o drama humano é, ao contrário, a ausência de qualquer transcendência:

> Não sei se este mundo tem um sentido que o ultrapassa. Mas sei que não conheço esse sentido e que por ora me é impossível conhecê-lo. O que significa para mim significação fora da minha condição? Eu só posso compreender

---

* Pensemos também na teoria da linguagem de Erice Parain e na sua concepção do silêncio.

43 Camus, 2017 [2020], p. 101 [142]. [N. E.]

em termos humanos. O que eu toco, o que me resiste, eis o que compreendo.[44]

Não se trata, portanto, de engendrar combinações de palavras que façam supor uma ordem inumana e indecifrável: o inumano é simplesmente a desordem, o mecânico. Em Camus nada há de suspeito, de inquietante, de sugerido: *O estrangeiro* nos oferece uma sucessão de perspectivas luminosas. Se elas nos desorientam, é somente por sua quantidade e pela ausência de um elo que as uniria. Manhãs, tardes implacáveis, claros crepúsculos, eis as suas horas favoritas; o perpétuo verão de Argel, eis sua estação. A noite quase não tem espaço em seu universo. Se é mencionada, é nestes termos:

> (...) acordei com estrelas sobre o rosto. Subiam até mim os ruídos do campo. Aromas de noite, de terra e de sal refrescavam-me as têmporas. A paz maravilhosa desse verão adormecido entrava em mim como uma maré.[45]

---

44 Camus, 2017 [2020], p. 65 [88]. [N. E.]

45 Página 204 desta edição. [N. E.]

Aquele que escreveu essas linhas está tão longe quanto possível das angústias de um Kafka. Está bem tranquilo no coração da desordem; a cegueira obstinada da natureza certamente o irrita, mas o reconforta; seu irracional é apenas um negativo: o homem absurdo é um humanista, ele só conhece os bens deste mundo.

A aproximação com Hemingway parece mais frutífera. O parentesco desses dois estilos é evidente. Em ambos os textos há as mesmas frases curtas, e cada uma se recusa a se aproveitar do impulso adquirido pelas precedentes, cada uma é um recomeço. Cada qual é como uma tomada cinematográfica sobre um gesto, sobre um objeto. A cada novo gesto, a cada novo objeto corresponde uma nova frase. No entanto não estou satisfeito: a existência de uma técnica narrativa "americana", sem dúvida nenhuma, foi útil a Camus, mas duvido que o tenha propriamente influenciado. Mesmo em *Morte ao entardecer*,[46] que não é um romance, Hemingway mantém seu modo de narração entrecortado, que faz surgir cada frase do nada, como por um espasmo respiratório: seu estilo

---

46 Hemingway, Ernest. *Morte ao entardecer*. Rio de Janeiro: Bertrand Brasil, 2024. [N. E.]

é ele mesmo. Já sabemos que Camus tem outro estilo, um estilo de cerimônia. Além disso, e mesmo em *O estrangeiro*, por vezes ele eleva o tom, de modo que a frase assume um ritmo mais expandido, contínuo:

> O pregão dos vendedores de jornais no ar já distendido, os últimos pássaros na praça, o grito dos vendedores de sanduíches, o lamento dos bondes nas pronunciadas curvas da cidade e este rumor do céu antes de a noite descer sobre o porto, tudo isso recompunha para mim um itinerário de cego, que eu conhecia bem antes de ir para a prisão.[47]

Percebo transparecer através da narrativa sufocada de Meursault uma prosa poética mais larga que lhe subjaz e que deve ser o modo de expressão pessoal de Camus. Se *O estrangeiro* contém traços tão visíveis da técnica americana, é porque se trata de um empréstimo deliberado. Entre os instrumentos que se apresentavam a ele, Camus escolheu aquele que lhe parecia melhor convir a seu propósito. Duvido que volte a se servir dele em suas próximas obras.

---

47 Páginas 171 e 172 desta edição. [N. E.]

Examinando mais de perto a trama da narrativa, podemos perceber melhor os seus procedimentos. Lemos em *O mito de Sísifo*: "Os homens também segregam a desumanidade. Em certas horas de lucidez, o aspecto mecânico de seus gestos, sua pantomima desprovida de sentido torna estúpido tudo o que os rodeia."[48] Eis então o que é preciso reter de início: *O estrangeiro* deve nos colocar *ex abrupto* em estado de "mal-estar diante da desumanidade do próprio homem".[49] Mais quais são as ocasiões singulares que podem nos provocar esse mal-estar? *O mito de Sísifo* nos dá um exemplo: "Um homem fala ao telefone atrás de uma divisória de vidro; não se ouve o que diz, mas vemos sua mímica sem sentido: perguntamo-nos por que ele vive."[50] Eis-nos informados — e talvez até demais, pois o exemplo é revelador de um certo *parti pris* do autor. Afinal, o gesto do homem que fala ao telefone e que não ouvimos é apenas *relativamente* absurdo: é que ele diz respeito a um circuito truncado. Abramos a porta e ponhamo-nos a escutar: o circuito

48 Camus, 2017 [2020], p. 29 [36]. [N. E.]

49 Camus, 2017 [2020], p. 29 [36]. [N. E.]

50 Camus, 2017 [2020], p. 29 [36]. [N. E.]

é restabelecido, a atividade humana retomou seu sentido. Seria preciso então dizer, se estivéssemos de boa-fé, que há apenas absurdos relativos e por referência a "racionais absolutos". Mas não se trata de boa-fé; trata-se de arte. O procedimento de Camus é evidente: entre os personagens de quem fala e o leitor ele vai intercalar uma divisória de vidro. Com efeito, o que há de mais incoerente que homens atrás de um vidro? Parece que tudo passa através dele, menos o sentido dos gestos. Resta então escolher o vidro, que será a consciência do estrangeiro. É, de fato, uma transparência: vemos tudo o que ela vê. Só que ela foi construída de maneira a ser transparente para as coisas e opaca para as significações:

> A partir deste momento, tudo se passou muito depressa. Os homens aproximaram-se do caixão com um lençol. O padre, seus acólitos, o diretor e eu saímos. Diante da porta estava uma senhora que eu não conhecia. "O Sr. Meursault", disse o diretor. Não ouvi o nome dessa senhora e apenas compreendi que era a enfermeira. Sem um sorriso, ela inclinou o rosto ossudo e comprido. Depois, nós nos afastamos para deixar passar o corpo.[51]

---

51 Página 63 desta edição. [N. E.]

Os homens dançam atrás de um vidro. Entre eles e o leitor se interpôs uma consciência, quase nada, uma pura translucidez, uma passividade pura que registra todos os fatos. Só que os dados já foram lançados: justamente porque é passiva, a consciência apenas registra os fatos. O leitor não se deu conta dessa interposição. Mas qual é o postulado implicado por esse gênero de narrativa? Em suma, daquilo que era organização melódica fez-se uma adição de elementos invariantes; sustenta-se que a sucessão de *movimentos* é rigorosamente idêntica ao *ato* tomado como totalidade. Não estamos aqui às voltas com o postulado analítico que afirma que toda realidade é redutível a uma soma de elementos? Ora, se a análise é o instrumento da ciência, é também o instrumento do humor. Se quero descrever uma partida de rúgbi e escrevo "Vi adultos de calças curtas que se combatiam e se jogavam na terra para fazer passar uma bola de couro entre duas balizas de madeira", fiz a soma do que *vi*; mas fiz de tal forma que lhe faltasse o sentido: fiz humor. A narrativa de Camus é analítica e humorística. Ele mente — como todo artista — porque pretende restituir a experiência nua e porque filtra sorrateiramente todas as ligações significantes que igualmente fazem parte da experiência. Foi o que fez Hume em tempos remotos, ao declarar que discernia na experiência tão somente impressões isoladas. É o que ainda fazem hoje em dia os neorrealistas americanos, quando negam que haja entre os fenômenos algo além de relações externas. Contra eles, a filosofia contemporânea estabeleceu que as significações são elas também dados imediatos. Mas isso nos levaria muito longe. Basta-nos assinalar que o universo do homem absurdo é o mundo analítico dos neorrealistas. Literariamente, o procedimento mostrou seu alcance: é aquele de *L'Ingenu* [O ingênuo] ou de *Micromégas*, de Gulliver. Pois o século XVIII também teve os seus estrangeiros — em geral "bons selvagens" transportados a uma civilização desconhecida que ali percebiam os fatos antes de lhes captarem o sentido. O efeito desse deslocamento não seria precisamente o de provocar no leitor o sentimento do absurdo? Camus parece lembrar-se disso diversas vezes, em particular quando nos mostra seu herói refletindo sobre as razões de sua prisão.

Ora, é esse procedimento analítico que explica a utilização da técnica americana em *O estrangeiro*. A presença da morte no fim de nossa jornada dissipou nosso futuro em fumaça, "não há amanhã",[52] é uma sucessão de presentes. O que isso quer dizer senão que o homem absurdo aplica ao tempo seu espírito de análise? Lá onde Bergson via uma organização indecomponível, seu olho vê apenas uma série de instantes. É a pluralidade dos instantes incomunicáveis que finalmente dará conta da pluralidade dos seres. O que nosso autor toma emprestado de Hemingway é então a descontinuidade de suas frases entrecortadas, que se pauta pela descontinuidade do tempo. Agora compreendemos melhor o talhe de sua narrativa: cada frase é um presente. Mas não um presente indeciso, que destoa e se prolonga um pouco no presente que lhe segue. A frase é precisa, sem arestas, fechada em si mesma; é separada da frase seguinte por um nada, da mesma forma que o instante de Descartes está separado do instante que o segue. Entre cada frase e a seguinte o mundo se aniquila e renasce: a fala, tão logo vem à tona, é uma criação *ex nihilo*; uma frase de *O estrangeiro* é uma ilha. E caímos em cascata de frase em frase, de nada em nada. Foi para acentuar a solidão de cada unidade frasal que

---

52 Camus, 2017 [2020], p. 72 [98]. [N. E.]

Camus escolheu construir sua narrativa no pretérito perfeito composto. O passado definido é o tempo da continuidade. "*Il se promena longtemps*": essas palavras nos remetem a um mais-que-perfeito, a um futuro; a realidade da frase é o verbo, é o ato, com seu caráter transitivo, com sua transcendência. "*Il s'est promené longtemps*"[53] dissimula a verbalidade do verbo. O verbo é rompido, quebrado em dois: de um lado, encontramos um particípio passado que perdeu toda transcendência inerte como uma coisa, e, de outro, o verbo "*être*",[54] que tem apenas o sentido de uma cópula que liga o particípio ao substantivo como o atributo ao sujeito. O caráter transitivo do verbo se desvaneceu, a frase se congelou; sua realidade agora é o nome. Em vez de se lançar como uma ponte entre

---

53 A primeira frase exemplificada, que em português se traduziria por "Ele passeou por um bom tempo", está no *passé simple* (pretérito simples). A segunda, que *poderia* se traduzir por "Ele tem passeado por bastante tempo", está no *passé composé* (pretérito composto: de um verbo auxiliar e de um particípio passado: "*est promené*"). No entanto, o *passé composé* só se traduz em português por tempo composto (como auxiliar "ter" ou "haver") quando se refere a *ação repetida e recente*; nos demais casos verte-se pelo perfeito simples (cf. Rónai, Paulo. *Guia prático da tradução francesa*, 3. ed. Rio de Janeiro: Nova Fronteira, 1983, p. 13). [N. E.]

54 O verbo "ser" flexionado como auxiliar do *passé composé* na frase exemplificada ("*est*"). [N. E.]

o passado e o futuro, a frase não é nada mais que uma pequena substância isolada que se basta a si mesma. Se ainda por cima temos o cuidado de reduzi-la tanto quanto possível à proposição principal, sua estrutura interna se torna de uma simplicidade perfeita; ela ganha proporcionalmente em coesão. É verdadeiramente um indivisível, um átomo de tempo. Não se organiza naturalmente pelas frases entre si: elas são puramente justapostas. Evitam-se em particular todas as ligações causais, que introduziriam na narrativa um embrião de explicação e imporiam aos instantes uma ordem diferente da pura sucessão. Escreve-se:

> Instantes depois perguntou-me se eu a amava. *Respondi-lhe que isso não queria dizer nada, mas que me parecia que não. Ficou com o ar triste.* Mas, ao preparar o almoço, sem que houvesse motivo voltou a rir de tal forma que eu a beijei. Foi nesse momento que repercutiram os ruídos de uma discussão na casa de Raymond.[55]

Grifamos duas frases que dissimulam o mais cuidadosamente possível um elo causal sob a pura

55 Página 91 desta edição. [N. E.]

aparência da sucessão. Quando numa frase é absolutamente necessário fazer alusão à frase anterior utilizam-se as expressões "e", "mas", "depois", "foi nesse momento que", que não evocam nada senão disjunção, oposição ou pura adição. As relações entre essas unidades temporais são externas, como aquelas que o neorrealismo estabelece entre as coisas: o real aparece sem ser trazido e desaparece sem ser destruído; o mundo desaba e renasce a cada pulsação temporal. Mas não devemos crer que ele mesmo se produz: ele é inerte. Toda atividade de sua parte tenderia a substituir os temíveis poderes pela reconfortante desordem do acaso. Um naturalista do século XIX teria escrito: "Uma ponte atravessava o rio." Camus se recusa a esse antropomorfismo. Ele dirá: "Acima do rio havia uma ponte." Dessa forma a coisa nos revela sua passividade imediatamente. Ela *está aí*, simplesmente, indiferenciada: "... havia quatro homens negros na sala. (...) Diante da porta estava uma senhora que eu não conhecia. (...) Diante da porta estava o carro (...). Ao lado dele estava o agente funerário (...)."[56] Dizia-se acerca de Renard que

56 Páginas 63 e 64 desta edição. [N. E.]

ele acabaria por escrever: "A galinha bota." Camus e muitos outros autores contemporâneos escreveriam: "Há a galinha e ela bota." É que eles apreciam as coisas por elas mesmas e não querem diluí-las no fluxo da duração. "Há a água": eis um pedacinho de eternidade, passivo, impenetrável, incomunicável, rutilante — que gozo sensual se pudéssemos tocá-lo! Para o homem absurdo, é o único bem desse mundo. Eis por que o romancista prefere a uma narrativa organizada este cintilar de pequenos brilhos sem amanhã dos quais cada um é uma volúpia; eis por que Camus, ao escrever *O estrangeiro*, pode crer que se cala. Sua frase não pertence ao universo do discurso, não tem nem ramificações, nem prolongamentos, nem estrutura interior; poderia ser definida como o Silfo de Valéry:

Entrevisto e alheio
lapso nu de um seio
entre dois vestidos![57]

---

57 "*Ni vu ni connu:/ Le temps d'un sein nu/ Entre deux chemises.*" Última estrofe do soneto "O Silfo", conforme a tradução de Nelson Ascher em *Poesia alheia* (Rio de Janeiro: Imago, 1998). [N. E.]

Ela é medida, muito precisamente, pelo tempo de uma intuição silenciosa.

Nessas condições se poderia falar de um todo que seria *o* romance de Camus? Todas as frases de seu livro são equivalentes, como são equivalentes todas as experiências do homem absurdo; cada uma se põe por si mesma e lança as outras no nada; e em consequência nenhuma se destaca sobre o fundo das outras — salvo nos raros momentos em que o autor, infiel a seu princípio, *faz* poesia. Os próprios diálogos são integrados à narração: o diálogo, com efeito, é o momento da explicação, da significação; dar-lhe um lugar privilegiado seria admitir que as significações existem. Camus o repete, resume e exprime frequentemente em estilo indireto, recusa-lhe todo privilégio tipográfico, de forma que as frases pronunciadas aparecem como acontecimentos semelhantes aos outros, espelham um instante e desaparecem, como um raio de calor, como um som, como um cheiro. Assim, quando começamos a leitura do livro não parece que nos encontramos em presença de um romance, mas sim de uma melopeia monótona, de um canto nasalado de um árabe. Podemos então pensar que o livro se parecerá com uma dessas melodias de que fala

[Georges] Courteline, que "se vão e não voltam nunca mais", que param de repente sem que se saiba por quê. Mas pouco a pouco a obra se organiza por si mesma sob os olhos do leitor, revela a sólida subestrutura que a sustenta. Não há um só detalhe inútil, nenhum que não seja retomado em seguida e incorporado ao debate. Fechado o livro, compreendemos que não podia ter começado de outra forma, que não podia ter outro fim: nesse mundo que se quer nos apresentar como absurdo e do qual cuidadosamente se extirpou a causalidade, o menor incidente tem peso; não há nenhum que não contribua para conduzir o herói em direção ao crime e à execução. *O estrangeiro* é uma obra clássica, uma obra de ordem, composta a propósito do absurdo e contra o absurdo. Era exatamente isso o que queria o autor? Não sei; é a opinião do leitor que estou dando.

E como classificar essa obra seca e precisa, tão composta sob sua aparente desordem, tão "humana", tão pouco secreta, a partir do momento em que se possui a chave? Não poderíamos chamá-la de narrativa: a narrativa explica e coordena ao mesmo tempo que relata, substitui a ordem causal pelo encadeamento cronológico. Camus dá-lhe o nome de "romance".

No entanto o romance exige uma duração contínua, um devir, a presença manifesta da irreversibilidade do tempo. Não é sem hesitação que eu daria esse nome a essa sucessão de presentes inertes que deixa entrever em sua base a economia mecânica de um bolo de noiva. Ou então seria, à maneira de *Zadig* e de *Cândido*, um curto romance de moralista com uma discreta ponta de sátira e de retratos irônicos* que, malgrado a contribuição dos existencialistas alemães e dos romancistas americanos, permanece muito próximo, no fundo, de um conto de Voltaire.

---

* Os do proxeneta, do juiz, do promotor etc.

PARTE I

1

Hoje, mamãe morreu. Ou talvez ontem, não sei. Recebi um telegrama do asilo: "Mãe falecida. Enterro amanhã. Sentidos pêsames." Isso não quer dizer nada. Talvez tenha sido ontem.

O asilo de velhos fica em Marengo, a oitenta quilômetros de Argel. Vou tomar o ônibus às duas horas e chego ainda à tarde. Assim posso velar o corpo e estar de volta amanhã à noite. Pedi dois dias de licença a meu patrão e, com uma desculpa dessas, ele não podia recusar. Mas não estava com um ar muito satisfeito. Cheguei mesmo a dizer-lhe: "A culpa não é minha." Não respondeu. Pensei, então, que não devia ter-lhe dito isto. A verdade é que eu nada tinha por que me desculpar. Cabia a ele dar-me pêsames. Com certeza, irá fazê-lo depois de amanhã, quando me vir de luto. Por ora é um pouco como se mamãe não tivesse morrido. Depois do enterro, pelo contrário, será um caso encerrado e tudo passará a revestir-se de um ar mais oficial.

Peguei o ônibus às duas horas. Fazia muito calor. Como de costume, almocei no restaurante do Céleste. Estavam todos com muita pena de mim e Céleste me disse: "Mãe, só se tem uma." Quando saí, acompanharam-me até a porta. Estava um pouco atordoado porque foi preciso ir à casa de Emmanuel para lhe pedir emprestadas uma braçadeira e uma gravata preta. Ele perdeu o tio há alguns meses.

Corri para não perder o ônibus. Essa pressa, essa corrida, os solavancos, o cheiro da gasolina, a luminosidade da estrada e do céu, tudo isso contribuiu, sem dúvida, para que eu adormecesse. Dormi durante quase todo o trajeto. E quando acordei estava apoiado em um soldado, que sorriu e me perguntou se eu vinha de longe. Respondi "sim" para não ter de falar mais.

O asilo fica a dois quilômetros da aldeia. Fiz o percurso a pé. Quis ver mamãe imediatamente. Mas o porteiro disse-me que eu precisava procurar o diretor. Como ele estava ocupado, esperei um pouco. Durante todo esse tempo, o porteiro não parou de falar. Depois o diretor recebeu-me no seu gabinete. É um velhote que tem a Legião de Honra. Fitou-me com seus olhos claros. Depois apertou-me a mão e segurou-a durante tanto tempo que não sabia mais como retirá-la. Consultou uma pasta e disse-me:

— A Sra. Meursault entrou aqui há três anos. O senhor era seu único amparo. — Achei que me estava censurando por alguma coisa e comecei a explicar-lhe. Mas ele me interrompeu: — Não tem de justificar-se, meu filho. Estive lendo o dossiê da sua mãe. O senhor não podia prover o seu sustento. Ela precisava de uma enfermeira. O seu ordenado é modesto. E, afinal, ela era mais feliz aqui.

— Sim, Sr. Diretor — concordei.

— O senhor sabe — acrescentou ele —, aqui ela tinha amigos, gente da mesma idade. Podia partilhar com eles interesses de outros tempos. O senhor é jovem e ela certamente se entediava na sua companhia.

Era verdade. Quando estava lá em casa, mamãe passava todo o tempo a me seguir em silêncio com os olhos. Nos primeiros dias de asilo chorava muitas vezes. Mas era por causa do hábito. Ao fim de alguns meses, teria chorado se a tirassem de lá. Ainda por causa do hábito. Foi um pouco por isso que no último ano quase não fui visitá-la. E também porque a visita me tomava o domingo, sem contar o esforço para ir até o ônibus, pegar as passagens e fazer duas horas de viagem.

O diretor continuou a falar. Mas eu quase não o escutava mais. Em seguida, me disse:

— Imagino que deseje ver sua mãe! — Levantei-me sem nada dizer e acompanhei-o até a porta. Nas escadas ele me explicou: — Nós a transportamos para o nosso pequeno necrotério. Para não impressionar os outros. Cada vez que um pensionista morre, os outros ficam nervosos durante dois ou três dias. E isso torna o serviço difícil. Atravessamos um pátio, onde havia muitos velhos conversando em pequenos grupos, uns com os outros. Calavam-se à nossa passagem. E atrás de nós as conversas recomeçavam. Um papaguear abafado. À porta de um pequeno prédio, o diretor disse:

— Vou deixá-lo agora, Sr. Meursault. Estou às suas ordens no escritório. Em princípio, o enterro está marcado para as dez horas da manhã. Pensamos que o senhor podia, assim, velar a falecida. Uma última coisa: parece que a sua mãe expressou muitas vezes aos amigos o desejo de ter um enterro religioso. Tomei eu mesmo as providências, mas queria colocá-lo a par. — Agradeci. Mamãe, embora sem ser ateia, nunca pensou, em vida, na religião.

Entrei. Era uma sala muito clara, caiada de branco e com uma claraboia. Estava mobiliada com algumas cadeiras e cavaletes em forma de X. Dois deles, no meio da sala, sustentavam um caixão fechado. Viam-se apenas parafusos brilhantes, mal colocados, destacando-se das tábuas enceradas. Perto do caixão estava uma enfermeira árabe de bata branca com um lenço de cores vivas na cabeça.

Nesse momento, atrás de mim, entrou o porteiro. Devia ter corrido. Gaguejou um pouco:

— Fecharam-no, mas eu vou desaparafusar o caixão para que o senhor possa vê-la. — Aproximava-se do caixão quando eu o detive. — Não quer?

— Não — respondi.

Calou-se e eu fiquei constrangido porque senti que não deveria ter dito isso. Momentos depois, me olhou:

— Por quê? — perguntou, mas sem censura, como se pedisse uma informação.

— Não sei.

Então, retorcendo o bigode branco, declarou, sem olhar para mim:

— Eu compreendo. — Tinha olhos bonitos, azul-claros, e a tez um pouco avermelhada. Deu-me uma cadeira e sentou-se também, um pouco atrás. A enfermeira levantou-se e dirigiu-se para a saída. Nesse momento, o porteiro me disse: — O que ela tem é um câncer.

Como não entendesse o que ele dizia, olhei para a enfermeira e vi que usava, por baixo dos olhos, uma atadura que dava a volta à cabeça. Na altura do nariz, a atadura estava reta. Só se via a brancura da bandagem no seu rosto.

Quando ela saiu, o porteiro falou:

— Vou deixá-lo sozinho.

Não sei bem que gesto fiz, mas ele continuou de pé, atrás de mim. Esta presença às minhas costas me perturbava. A sala estava cheia de uma bela luz de fim de tarde. Dois besouros zumbiam contra a vidraça. E eu sentia o sono me dominar. Disse ao porteiro, sem me voltar para ele:

— Há quanto tempo está aqui?

— Cinco anos — respondeu ele imediatamente, como se estivesse a vida toda à espera da minha pergunta.

Em seguida, passou a falar sem parar. Ele teria ficado muito espantado se alguém lhe tivesse dito que acabaria como porteiro do asilo de Marengo. Tinha sessenta e quatro anos e era parisiense. Nesse momento, eu o interrompi:

— Ah, o senhor não é daqui?

Depois, lembrei-me de que, antes de me conduzir ao diretor, ele me falara de mamãe. Dissera-me que era preciso enterrá-la depressa, porque na planície fazia muito calor, sobretudo nesta região. Foi então que me informou ter vivido em Paris e que tinha dificuldadc cm esquecer. Em Paris, às vezes fica-se com o morto três ou quatro dias. Aqui não, mal nos acostumamos à ideia e já temos de correr atrás do carro funerário. A mulher dele lhe dissera, então: "Cale-se, não são coisas que se digam ao senhor." O velho enrubescera e se desculpara. Eu interrompi para dizer "Não, não...". Achava o que dizia certo e interessante.

No pequeno necrotério, confiou-me que entrara no asilo como indigente. Como se sentia ainda útil, oferecera-se para o lugar de porteiro. Observei que afinal era também um pensionista. Disse-me que não. Já me chamara a atenção a maneira pela qual se referia a "eles", aos "outros" e, mais raramente, aos "velhos", ao falar dos pensionistas, alguns dos quais não eram mais velhos do que ele. Mas não era a mesma coisa, evidentemente. Era porteiro, e, de certa forma, tinha direitos sobre eles.

Nesse momento, entrou a enfermeira. A tarde caíra bruscamente. Muito depressa a noite tornara-se espessa através da claraboia. O porteiro ligou o interruptor e eu fiquei por momentos ofuscado pela irrupção súbita da luz. Convidou-me para ir ao refeitório e jantar. Mas eu não estava com fome. Ofereceu-se, então, para me trazer uma xícara de café com leite. Como gosto muito de café com leite, aceitei, e ele voltou alguns instantes depois com uma bandeja. Bebi. Tive, então, vontade de fumar. Mas hesitei, porque não sabia se podia fazê-lo diante de mamãe. Refleti que não tinha nenhuma importância. Ofereci um cigarro ao porteiro e fumamos.

— Não sei se sabe — disse, em dado momento —, mas os amigos da senhora sua mãe também vêm para velá-la. É o costume. Tenho de ir buscar cadeiras e café.

Perguntei-lhe se não se poderia apagar uma das lâmpadas. O brilho da luz nas paredes brancas me cansava. Disse-me que não era possível. A instalação era feita assim: ou tudo ou nada. A partir daí, não prestei mais muita atenção nele. Saiu, voltou, arrumou as cadeiras. Numa delas, empilhou xícaras à volta de uma cafeteira. Depois sentou-se diante de mim, do outro lado de mamãe. A enfermeira estava também no fundo, de costas. Não via o que ela estava fazendo. Mas, pelo movimento dos braços, acho que fazia tricô. A temperatura era agradável, o café me reconfortara e pela porta aberta entrava um cheiro de noite e de flores. Acho que cochilei um pouco.

Foi um farfalhar que me despertou. Por ter fechado os olhos, a sala pareceu-me de um branco ainda mais brilhante. Na minha frente não havia uma única sombra, e cada objeto, cada ângulo, todas as curvas desenhavam-se com uma pureza que me feria os olhos. Foi neste momento que entraram os amigos de mamãe. Ao todo eram uns dez e deslizavam em silêncio, na luz que cegava. Sentaram-se, sem que uma só cadeira rangesse. Eu os via como nunca vira ninguém até então, nem um só detalhe de seus rostos ou dos seus trajes me escapava. Não os ouvia, no entanto, e tinha dificuldade em acreditar que fossem reais. Quase todas as mulheres usavam um avental, e o cordão que lhes apertava a cintura lhes destacava mais o ventre inchado. Nunca havia reparado que as barrigas das mulheres velhas podiam ser tão grandes. Os homens eram quase todos muito magros, e empunhavam bengalas. O que me impressionava nas suas fisionomias era que eu não lhes via os olhos, mas unicamente uma luz sem brilho no meio de um ninho de rugas. Quando se sentaram, a maioria deles olhou-me e balançou a cabeça com constrangimento, os lábios todos comidos pelas bocas desdentadas, sem que eu soubesse ao certo se estavam me cumprimentando ou se era apenas um tique. Acredito que me cumprimentavam. Foi nesse momento que me dei conta de que estavam todos sentados diante de mim, meneando as cabeças em volta do porteiro. Por um momento, tive a impressão ridícula de que estavam ali para me julgar.

Pouco depois, uma das mulheres começou a chorar. Estava na segunda fila, escondida por uma de suas companheiras, e eu não a via muito bem. Chorava, dando pequenos gritos regularmente: parecia-me que nunca mais pararia. Os outros davam a impressão de não ouvir. Estavam abatidos, tristes e silenciosos. Olhavam para o caixão, para a bengala ou para qualquer coisa, mas só olhavam isso. A mulher continuava a chorar. Eu estava muito admirado porque não a conhecia. Gostaria de não a ouvir mais. Não ousava dizer isso, porém. O porteiro debruçou-se sobre ela, falou-lhe, mas ela sacudiu a cabeça, balbuciou qualquer coisa e continuou a chorar com a mesma regularidade. O porteiro veio, então, para o meu lado. Sentou-se junto de mim. Ao fim de um longo momento, informou, sem me olhar:

— Ela era muito ligada à senhora sua mãe. Diz que era sua única amiga e que agora não tem mais ninguém.

Ficamos assim por um longo momento. Os suspiros e os soluços da mulher tornavam-se mais raros. Fungava muito. Por fim, calou-se. Eu não tinha mais sono, mas estava cansado e me doíam os rins. Agora era o silêncio de todas aquelas pessoas que me era penoso. Apenas de vez em quando ouvia um ruído estranho, e não conseguia compreender de que se tratava. Acabei adivinhando que alguns dos velhos chupavam o interior das bochechas, deixando escapar esses estranhos estalidos. Estavam tão absortos nos seus pensamentos que nem se davam conta disso. Tinha até a impressão de que aquela morta, deitada no meio deles, nada significava a seus olhos. Mas agora creio que era uma impressão falsa.

Tomamos todos café, servido pelo porteiro. Em seguida, não sei mais nada. A noite passou. Lembro-me de que em dado momento abri os olhos e vi que os velhos dormiam dobrados sobre si mesmos, à exceção de um único que, de queixo encostado às costas das mãos, que se agarravam à bengala, me olhava fixamente, como se esperasse apenas o meu despertar. Depois, voltei a adormecer. Acordei porque os rins me doíam cada vez mais. O dia se insinuava sobre a claraboia. Logo depois, um dos velhos acordou e tossiu muito. Escarrava num grande lenço xadrez e, todas as vezes, era como se os escarros fossem arrancados. Acordou os outros e o porteiro disse que deviam ir embora. Levantaram-se. Essa vigília incômoda lhes dera às fisionomias um tom de cinza. Ao saírem, e para grande espanto meu, vieram todos apertar-me a mão como se essa noite, em que não havíamos trocado uma só palavra, tivesse aumentado a nossa intimidade.

Estava cansado. O porteiro me levou ao seu quarto e pude arrumar-me um pouco. Voltei a tomar café com leite, que estava muito bom. Quando saí, o sol tinha nascido completamente. Por cima das colinas que separam Marengo do mar, o céu estava cheio de manchas vermelhas. E o vento, que passava por cima delas, trazia um cheiro de sal. Era um belo dia que se anunciava. Havia muito tempo que não ia ao campo e sentia o prazer que teria em passear, se não fosse por mamãe.

Mas esperei no pátio, debaixo de um plátano. Respirava o cheiro da terra úmida e não tinha mais sono. Pensei nos colegas do escritório. A essa hora levantavam-se para ir trabalhar; para mim, era sempre a hora mais difícil. Pensei um pouco mais nessas coisas, mas um sino que tocava no interior dos prédios me distraiu. Houve uma movimentação por trás das janelas e depois tudo se acalmou. O sol estava um pouco mais alto: começava a aquecer meus pés. O porteiro atravessou o pátio e veio dizer que o diretor estava me chamando. Fui ao seu escritório. Fez com que eu assinasse alguns documentos. Reparei que estava vestido de preto, com calças listradas. Pegou o telefone e me interpelou:

— Os empregados da agência funerária já chegaram. Vou pedir-lhes que fechem o caixão. Quer ver a sua mãe pela última vez? — Disse que não. Baixando a voz, deu uma ordem pelo telefone: — Figeac, diga aos homens que podem ir.

Disse-me, em seguida, que assistiria ao enterro, e eu agradeci. Sentou-se por trás da escrivaninha, cruzou as pequenas pernas. Informou-me de que estaríamos só eu e ele, com a enfermeira de plantão. Em princípio, os pensionistas não deviam assistir aos enterros. Deixava-os apenas fazer o velório.

— É uma questão de humanidade — observou. Mas, nesse caso, dera autorização para acompanhar o cortejo a um velho amigo de mamãe: Thomas Pérez. Então, o diretor sorriu e disse: — Não sei se compreende, é um sentimento um pouco infantil. Mas ele e a sua mãe nunca se separavam. No asilo, brincavam com eles, e diziam a Pérez: "É a sua noiva." Ele ria. Isso lhes agradava. E o fato é que a morte da Sra. Meursault o abalou muito. Achei que não lhe devia recusar a autorização. Mas, a conselho do médico, proibi-lhe o velório de ontem.

Ficamos calados durante bastante tempo. O diretor levantou-se e olhou pela janela do escritório. A certa altura, observou:

— Chegou o pároco de Marengo. Está adiantado.

Avisou que seriam necessários pelo menos quarenta e cinco minutos para ir a pé até a igreja, que fica na própria aldeia. Descemos. Diante do prédio estavam o padre e dois coroinhas. Um deles segurava um turíbulo e o padre abaixava-se para regular o comprimento da corrente de prata. Quando chegamos, o padre se levantou. Tratou-me de "meu filho" e disse-me algumas palavras. Entrou, e eu o segui.

Vi, de relance, que os parafusos do caixão estavam apertados e que havia quatro homens negros na sala. Ouvi, ao mesmo tempo, o diretor dizer-me que o carro estava à espera na estrada e o padre começar as suas orações. A partir desse momento, tudo se passou muito depressa. Os homens aproximaram-se do caixão com um lençol. O padre, seus acólitos, o diretor e eu saímos. Diante da porta estava uma senhora que eu não conhecia. "O Sr. Meursault", disse o diretor. Não ouvi o nome dessa senhora e apenas compreendi que ela era a enfermeira encarregada. Sem um sorriso, ela inclinou o rosto ossudo e comprido. Depois, nós nos afastamos para deixar passar o corpo. Seguimos os homens e saímos do asilo. Diante da porta estava o carro: envernizado, comprido e reluzente, me lembrava um porta-canetas. Ao lado dele estava o agente funerário, homenzinho de roupas ridículas, e um velho com um ar constrangido. Compreendi que era o Sr. Pérez. Tinha um chapéu de feltro, de copa arredondada e abas largas (tirou-o quando o caixão atravessou a porta), um terno cujas calças se enrolavam nos sapatos e uma gravata de tecido preto, pequena demais para a camisa branca de colarinho alto. Os seus lábios tremiam debaixo de um nariz semeado de pontos pretos. Os cabelos brancos, bastante finos, deixavam passar curiosas orelhas pendentes e mal-acabadas, de cor vermelho--sangue que, no rosto pálido, me impressionou. O agente funerário indicou-nos os lugares. O padre ia na frente, depois vinha o carro. Em volta deste, os quatro homens. Atrás, o diretor e eu, e fechando o cortejo, a enfermeira e o Sr. Pérez.

O céu já estava cheio de sol. Começava a pesar sobre a terra e o calor aumentava rapidamente. Não sei por que esperamos tanto tempo antes de começarmos a andar. Eu estava com calor debaixo das roupas escuras. O velhinho, que tornara a cobrir a cabeça, tirou outra vez o chapéu. Voltara-me um pouco para o seu lado e o olhava quando o diretor me falou dele.

Disse-me que, muitas vezes, minha mãe e o Sr. Pérez iam passear à noite até a aldeia, acompanhados por uma enfermeira. Eu olhava os campos à minha volta. Através das linhas de ciprestes que conduziam às colinas perto do céu, dessa terra rubra e verde, dessas casas esparsas e bem desenhadas, eu compreendia mamãe. A noite nessa região devia ser como uma melancólica trégua. Hoje, o sol transbordante, que fazia estremecer a paisagem, tornava-a deprimente e desumana.

Pusemo-nos a caminho. Foi nesse momento que reparei que o Sr. Pérez mancava ligeiramente. Pouco a pouco, a velocidade do carro aumentava, e o velho ficava para trás. Um dos homens que rodeavam o carro também se deixou ultrapassar e andava agora a meu lado. Estava admirado pela rapidez com que o sol subia no céu. Eu me dei conta de que havia muito o campo zumbia com o canto dos insetos e o crepitar da grama. O suor escorria pelo meu rosto. Como não estava de chapéu, eu me abanava com o lenço. O empregado da agência funerária disse-me, então, qualquer coisa que não ouvi. Ao mesmo tempo que, com a mão esquerda, limpava a testa com um lenço, com a mão direita levantava a pala do boné.

— Como? — perguntei.

— Está forte — repetiu ele apontando para o céu.

— Sim — concordei.

— É sua mãe que está ali? — perguntou-me, pouco depois.

— Sim — tornei a dizer.

— Era muito velha?

— Assim, assim — respondi, porque não sabia ao certo quantos anos tinha. Em seguida, calou-se.

Voltei-me e vi o velho Pérez a uns cinquenta metros atrás de nós. Apressava-se, brandindo o chapéu de feltro com o movimento do braço. Olhei também para o diretor. Andava com muita dignidade, sem gestos inúteis. Algumas gotas de suor formavam-se na sua testa, mas não as enxugava.

Parecia-me que o cortejo ia um pouco mais depressa. À minha volta era sempre a mesma paisagem luminosa, plena de sol. O brilho do céu era insuportável. Em dado momento passamos por uma parte de estrada que fora refeita havia pouco. O sol derretera o asfalto. Os pés enterravam-se nele, deixando aberta sua polpa luzidia. Por cima do carro, o chapéu do cocheiro, de couro curtido, parecia ter sido moldado nessa lama negra. Eu estava um pouco perdido entre o céu azul e branco e a monotonia dessas cores, negro pegajoso do asfalto aberto, negro desbotado das roupas, negro laca do carro. Tudo isso, o sol, o cheiro de couro e de esterco do carro, do verniz e do incenso, o cansaço de uma noite de insônia, me perturbava a vista e as ideias. Voltei-me uma vez mais: Pérez pareceu-me muito distante, perdido numa bruma de calor, e depois não o distingui mais. Procurei-o com o olhar e vi que abandonara a estrada e entrara pelo campo. Constatei também que, na minha frente, a estrada fazia uma curva. Compreendi que Pérez, conhecedor da região, cortava caminho para nos alcançar. Na curva, conseguira juntar-se a nós. Em seguida, nós o perdemos. Tomou ainda várias vezes atalhos através do campo. Quanto a mim, sentia o sangue latejar nas têmporas.

Tudo se passou, então, com tanta rapidez, precisão e naturalidade que já não me lembro mais de nada. Uma coisa apenas: na entrada da aldeia, a enfermeira encarregada falou comigo. Tinha uma voz singular, que não combinava com seu rosto, uma voz melodiosa e trêmula.

— Se andarmos devagar — disse ela — arriscamo-nos a uma insolação. Mas se andarmos depressa demais transpiramos e, na igreja, apanhamos um resfriado.

Tinha razão. Não havia saída. Conservei, ainda, algumas imagens desse dia: por exemplo, o rosto de Pérez quando, pela última vez, juntou-se a nós próximo da aldeia. Grandes lágrimas de abatimento e de dor corriam-lhe pela face. Mas, por causa das rugas, não fluíam. Espalhavam-se, juntavam-se e formavam um espelho d'água naquele rosto destruído. Houve ainda a igreja e os aldeões nas calçadas, os gerânios vermelhos sobre os túmulos do cemitério, o desmaio de Pérez (como uma marionete desconjuntada), a terra cor de sangue que deslizava sobre o caixão de mamãe, a carne branca das raízes que nela se misturavam, mais gente ainda, vozes, a aldeia, a espera diante de um café, o ronco incessante do motor e a minha alegria quando o ônibus entrou no ninho de luzes de Argel, e eu pensei que me ia deitar e dormir durante doze horas.

2

Ao acordar compreendi por que meu patrão se mostrara aborrecido quando lhe pedi meus dois dias de licença: hoje é sábado. Tinha, por assim dizer, esquecido, mas, ao levantar-me, essa ideia me ocorreu. Meu patrão muito naturalmente pensou que eu disporia, assim, de quatro dias de folga, contando com o domingo, e isso não lhe podia agradar. Mas, por um lado, não é culpa minha se enterraram mamãe ontem em vez de hoje e, por outro lado, teria tido de qualquer maneira o sábado e o domingo livres. Isso não me impede, é claro, de compreender o meu patrão.

Custei a levantar-me, pois estava cansado do dia de ontem. Enquanto fazia a barba, perguntei-me o que iria fazer e decidi tomar um banho de mar. Peguei um bonde para ir ao estabelecimento de banhos do porto. Uma vez lá, mergulhei no canal. Havia muitos jovens. Na água, encontrei Marie Cardona, uma antiga datilógrafa do escritório que eu desejara na época. Ela também, creio eu. Mas foi embora pouco depois, e não tivemos tempo. Ajudei-a a subir numa boia e, nesse movimento, rocei seus seios. Eu estava ainda na água quando ela já se deitara na boia, de bruços. Virou-se para mim. Tinha os cabelos sobre os olhos e sorria. Ergui-me até ficar ao seu lado na boia. O tempo estava bom e, de brincadeira, deixei cair a cabeça para trás e encostei-a na sua barriga. Ela não disse nada e eu fiquei assim. Tinha o céu inteiro nos olhos, e ele estava azul e dourado. Debaixo da nuca, sentia o ventre de Marie palpitar suavemente. Ficamos muito tempo na boia, meio adormecidos. Quando o sol ficou forte demais, ela mergulhou, e eu a segui. Alcancei-a, passei o braço em volta da sua cintura e nadamos juntos. Ela continuava a rir. No cais, enquanto nos secávamos, me disse:

— Estou mais morena do que você.

Perguntei-lhe se queria ir ao cinema à noite. Riu de novo e disse que estava com vontade de ver um filme de Fernandel. Depois de nos vestirmos, ficou muito surpresa de me ver com uma gravata preta, e perguntou-me se estava de luto. Disse-lhe que mamãe tinha morrido. Como quisesse saber desde quando, respondi:

— Desde ontem.

Ela recuou um pouco, mas não fez nenhum comentário. Tive vontade de dizer-lhe que a culpa não era minha, mas detive-me porque me pareceu já ter dito a mesma coisa ao meu patrão. Isso nada queria dizer. De qualquer modo, a gente sempre se sente um pouco culpado.

À noite, Marie esquecera tudo. O filme tinha momentos engraçados e outros realmente idiotas. A sua perna estava encostada na minha. Acariciava-lhe os seios. No fim da sessão, eu a beijei, mas mal. Ao sairmos, veio a minha casa.

Quando acordei, Marie tinha ido embora. Explicara-me que precisava ir visitar uma tia. Lembrei-me de que era domingo, e isso me irritou: não gosto dos domingos. Então, virei-me na cama, busquei no travesseiro o cheiro de sal que os cabelos de Marie tinham deixado e dormi até as dez horas. Fumei depois alguns cigarros sem me levantar, até o meio-dia.

Não queria, como de costume, almoçar no Céleste, porque, com certeza, me fariam perguntas, e não gosto disso. Cozinhei uns ovos e comi-os assim mesmo, sem pão, porque não havia mais e porque não queria descer para comprar.

Depois do almoço, fiquei um pouco entediado e vaguei pelo apartamento. Quando mamãe estava lá, era cômodo. Agora, é grande demais para mim, e tive que transportar a mesa da sala de jantar para o quarto. Vivo apenas nesse quarto, entre cadeiras de palha um pouco afundadas, o armário, cujo espelho está amarelecido, a cômoda e a cama de latão. O resto está abandonado. Mais tarde, para fazer alguma coisa, peguei um velho jornal para ler. Recortei um anúncio de sais de Kruschen e colei-o num velho caderno, onde guardo as coisas curiosas dos jornais. Lavei também as mãos e, por fim, fui para a varanda.

Meu quarto dá para a rua principal do bairro. A tarde estava bonita. No entanto, o pavimento estava oleoso, as raras pessoas tinham pressa. Primeiramente, famílias que passeavam, dois meninos com roupa de marinheiro, calças abaixo do joelho, um tanto sem jeito nos seus trajes engomados, uma menina com um grande laço cor-de-rosa e sapatos de verniz preto. Atrás deles, uma mãe enorme, com um vestido de seda marrom, e o pai, um homenzinho bastante franzino, que conheço de vista. Usava um chapéu de palha, uma gravata-borboleta e uma bengala na mão. Ao vê-lo com a mulher, entendi por que se dizia no bairro que ele era uma pessoa distinta. Um pouco mais tarde, passaram os rapazes do bairro, de cabelos gomalinados, gravata vermelha, o paletó muito cintado com um bolsinho bordado e sapatos de bico quadrado. Pensei que iam aos cinemas do centro. Por isso é que partiam tão cedo, rindo tanto e correndo para o bonde.

Depois deles, pouco a pouco, a rua ficou deserta. Acho que os espetáculos tinham começado em todos os lugares. Só se viam na rua os comerciantes e os gatos. O céu estava puro mas sem brilho por cima dos fícus ao longo da rua. Na calçada em frente, o dono da tabacaria pegou uma cadeira, instalou-a diante da porta e sentou-se a cavalo, apoiando-se com os dois braços no encosto. Os bondes, há pouco cheios, estavam quase vazios. No pequeno Café Chez Pierrot, ao lado da tabacaria, o empregado varria a serragem na sala deserta. Era realmente domingo.

Virei minha cadeira e coloquei-a como a do dono da tabacaria porque achei que assim era mais cômodo. Fumei dois cigarros, entrei para buscar um pedaço de chocolate e voltei para comê-lo à janela. Pouco depois, o céu escureceu e achei que íamos ter uma tempestade de verão. Pouco a pouco, no entanto, o céu foi se desanuviando. Mas a passagem das nuvens deixara sobre a rua uma promessa de chuva que a tornou mais sombria. Fiquei muito tempo olhando para o céu.

Às cinco horas, os bondes chegaram ruidosamente. Traziam do estádio do subúrbio espectadores em pencas, pendurados nos estribos e nos balaústres. Os bondes seguintes trouxeram de volta os jogadores, que reconheci pelas suas maletas. Gritavam e cantavam, aos berros, que seu clube não sucumbiria. Muitos me fizeram sinais. Um deles chegou mesmo a me gritar: "Acabamos com eles." Sacudindo a cabeça, fiz que "sim". A partir desse momento os automóveis começaram a afluir.

O dia mudou ainda um pouco. Por cima dos telhados, o céu tornou-se avermelhado e, com o cair da noite, as ruas se animaram. Os que tinham saído a passeio foram voltando pouco a pouco. Reconheci o senhor distinto no meio dos outros. As crianças choravam ou se deixavam arrastar. Quase imediatamente, os cinemas do bairro despejaram na rua uma onda de espectadores. Entre eles, os rapazes tinham gestos mais decididos do que de costume, e calculei que haviam visto um filme de aventuras. Os que regressavam dos cinemas do centro chegaram um pouco mais tarde. Pareciam mais sérios. Ainda riam, mas de vez em quando pareciam cansados e pensativos. Ficaram pela rua, andando de um lado para o outro na calçada em frente. As mocinhas do bairro, de cabelos soltos, andavam de braços dados. Os rapazes deram um jeito de passar por elas e dirigiam-lhes gracejos, dos quais elas riam, desviando o olhar. Várias delas, que eu conhecia, acenaram para mim.

As luzes da rua acenderam-se bruscamente e fizeram empalidecer as primeiras estrelas que subiam na noite. Senti meus olhos se cansarem de tanto olhar as calçadas com sua carga de homens e de luzes. Estas faziam reluzir a rua molhada e os bondes, a intervalos regulares, lançavam os seus reflexos sobre cabelos brilhantes, um sorriso ou uma pulseira de prata. Pouco depois, com os bondes escasseando e a noite já escura sobre as árvores e os postes de luz, o bairro esvaziou-se aos poucos, até o primeiro gato atravessar lentamente a rua outra vez deserta. Pensei, então, que era preciso jantar. Sentia um pouco de dor no pescoço por ter ficado tanto tempo apoiado no encosto da cadeira. Desci para comprar pão e massas, cozinhei e comi de pé. Quis fumar um cigarro na janela, mas o tempo tinha refrescado e senti um pouco de frio. Fechei as janelas e, ao voltar, vi no espelho um canto da mesa com a lamparina de álcool entre pedaços de pão. Pensei que passara mais um domingo, que mamãe agora já estava enterrada, que ia retomar o trabalho e que, afinal, nada mudara.

3

Hoje, trabalhei muito no escritório. O patrão foi amável. Perguntou se eu não estava muito cansado e quis também saber a idade de mamãe. Para não incorrer em erro, respondi "Uns 60 anos" e, não sei por quê, ficou com um ar de alívio, parecendo achar que se tratava de um assunto encerrado.

Havia uma pilha de documentos que se amontoava na minha mesa e tive de despachar todos. Antes de deixar o escritório para almoçar, lavei as mãos. Ao meio-dia, isso me dá prazer. À tarde, nem tanto, porque a toalha que utilizamos está toda molhada: era usada durante todo o dia. Certa vez, fiz uma observação a esse respeito ao patrão. Respondeu-

-me que achava isso lamentável, mas que se tratava, ainda assim, de um detalhe sem importância. Saí um pouco tarde, ao meio-dia e meia, com Emmanuel, que trabalha na expedição. O escritório dá para o mar, e perdemos alguns instantes olhando os cargueiros, no porto ardente de sol. Nesse momento, chegou um caminhão com uma barulheira de correntes e de explosões. Emmanuel perguntou-me "Vamos?", e comecei a correr. O caminhão ultrapassou-nos e lançamo-nos no seu encalço. Estava afogado em poeira e ruído. Não via mais nada, e só sentia o impulso desordenado da corrida, entre guindastes e máquinas, mastros que dançavam no horizonte e pequenas embarcações, pelas quais passávamos. Fui o primeiro a agarrá-lo, e atirei-me para dentro. Depois, ajudei Emmanuel a sentar-se. Estávamos ofegantes, o caminhão sacudia sobre os paralelepípedos desnivelados do cais, em meio à poeira e ao sol. Emmanuel ria de perder o fôlego.

Chegamos ao restaurante do Céleste banhados de suor. Lá estava ele, como sempre, com a grande barriga, o avental e os bigodes brancos. Perguntou-me se, "apesar de tudo", eu estava bem. Disse-lhe que sim e que estava com fome. Comi muito depressa e tomei um café. Depois, voltei para casa, dormi um pouco porque bebera vinho demais e, ao acordar, senti vontade de fumar. Estava atrasado, corri para pegar um bonde. Trabalhei a tarde toda. Fazia muito calor no escritório e, à noitinha, ao sair, senti-me feliz por voltar, caminhando lentamente ao longo do cais. O céu estava verde e eu me sentia contente. Apesar disso, fui diretamente para casa, pois queria preparar umas batatas cozidas.

Ao subir, esbarrei na escada escura com o velho Salamano, meu vizinho de andar. Estava com o seu cachorro. Há oito anos que são sempre vistos juntos. O cocker spaniel tem uma doença de pele, acho que é sarna, que o fez perder quase todo o pelo e que o cobre de placas e de crostas marrons. De tanto conviver com ele, os dois juntos num pequeno quarto, o velho Salamano acabou ficando parecido com o cão. Tem crostas avermelhadas no rosto e o cabelo amarelo e ralo. Quanto ao cão, este assimilou do dono uma espécie de aspecto encurvado, o focinho para a frente e o pescoço esticado. Parecem ser da mesma raça e, no entanto, detestam-se. Duas vezes por dia, às onze e às seis horas, o velho leva o seu cão para passear. Há oito anos que não mudam de itinerário.

Eles podem ser vistos ao longo da rue de Lyon, o cão puxando pelo homem até o velho Salamano tropeçar. Então, ele bate no cachorro e o xinga. O cão rasteja de medo e se deixa arrastar. Nesse momento, é a vez de o velho puxar. Quando o cão se esquece, torna a arrastar o dono, e é outra vez surrado e xingado. Ficam, então, os dois na calçada, e se olham: o cão, com terror, o homem, com ódio. É assim todos os dias. Quando o cão quer urinar, o velho não lhe dá tempo e o puxa, e o cocker spaniel vai deixando atrás de si um rastro de pequenas gotas. Se, por acaso, o cão faz no quarto, também apanha. Isso já dura oito anos. Céleste diz sempre que "É uma desgraça", mas, no fundo, ninguém pode saber. Quando eu o encontrei na escada, Salamano estava xingando o cão. Ele lhe dizia: "Imundo! Carcaça!" e o cão gania. Eu disse "Boa noite", mas o velho continuava a xingar. Então eu perguntei o que o cão tinha feito. Ele não me respondeu. Ele dizia apenas: "Imundo! Carcaça!" Eu o distinguia, curvado sobre o animal, arrumando alguma coisa na coleira. Falei mais alto. Então, sem se virar, respondeu-me, com uma espécie de raiva contida:

— É, ele não me larga. — Depois, foi embora, puxando o animal que se deixava arrastar e gania.

Neste preciso instante chegou o outro vizinho de andar. No bairro, dizem que vive à custa de mulheres. Mas, quando lhe perguntam pela sua profissão, responde que é "comerciante". Em geral, não gostam dele. Mas fala frequentemente comigo e, às vezes, passa alguns momentos em minha casa, porque eu o escuto. Acho que o que ele diz é interessante. Aliás, não tenho nenhum motivo para não lhe falar. Chama-se Raymond Sintès. É bem baixo, com ombros largos e um nariz de pugilista. Anda sempre muito corretamente vestido. Ele também me disse ao falar de Salamano: "Não é mesmo uma desgraça?" Perguntou-me se aquilo não me repugnava, respondi que não.

Subimos, e eu ia deixá-lo quando me disse:

— Tenho lá em casa vinho e chouriço. Quer comer comigo?

Pensei que isso me pouparia fazer minha comida e aceitei. Ele também só tem um quarto, com uma cozinha sem janela. Por cima da cama há um anjo de gesso, branco e cor-de-rosa, retratos de campeões e duas ou três fotografias de mulheres nuas. O quarto estava sujo e a cama, desfeita. Primeiro, acendeu a lamparina a óleo, depois tirou do bolso uma atadura de aspecto bastante duvidoso, enrolando nela a mão direita. Perguntei-lhe o que tinha na mão. Respondeu-me que brigara com um sujeito que criou um caso com ele.

— Não sei se entende, Sr. Meursault — disse-me. — Não que eu seja mau, o que sou é nervoso. O sujeito me desafiou: "Desça do bonde se for homem." Respondi-lhe: "Vamos, sossegue." Ele me disse que eu não era homem. Então desci e disse-lhe: "Chega, é melhor parar ou vou lhe dar uma lição." "Que lição?" Então, dei-lhe uma. Caiu. Eu ia ajudá-lo a se levantar. Mas, do chão, ele me dava pontapés. Então, dei-lhe uma joelhada e duas cutiladas. Seu rosto sangrava. Perguntei-lhe se bastava. Disse que sim.

Enquanto isso, Sintès ia enrolando a atadura. Eu estava sentado na cama.

— Como vê, não fui eu que provoquei — continuou. — Ele é que quis.

Reconheci que era verdade. Declarou-me então que, justamente, queria pedir-me um conselho a propósito desse assunto, que eu, sim, era um homem que conhecia a vida, que podia ajudá-lo e que em seguida ficaria meu amigo. Não disse nada e ele me perguntou de novo se eu queria ser amigo dele. Respondi que tanto fazia; ele ficou com um ar satisfeito. Pegou o chouriço, fritou-o na frigideira e arrumou copos, pratos, talheres e duas garrafas de vinho. Tudo isto em silêncio. Depois, nos instalamos. Enquanto comia, começou a contar-me a sua história. A princípio, hesitava um pouco.

— Conheci uma mulher... era minha... amante, por assim dizer...

O homem com quem brigara era irmão dessa mulher. Disse-me que a sustentara. Nada comentei, mas ele acrescentou imediatamente que sabia muito bem o que se dizia pelo bairro, mas que tinha a consciência tranquila, e que era comerciante.

— Voltando à minha história — disse ele —, a certa altura percebi que havia trapaça. — Ele lhe dava dinheiro suficiente para viver. Pagava ele mesmo o aluguel do quarto e dava-lhe vinte francos por dia para a comida. — Trezentos francos pelo quarto, seiscentos francos para comida, um par de meias de vez em quando, dava bem uns mil francos. E a madame não trabalhava. Mas dizia-me que era apertado, que o que eu lhe dava não bastava. E, no entanto, eu lhe dizia: "Por que não arranja um trabalho de meio expediente? Já me aliviaria bastante. Este mês comprei para você um vestido, dou vinte francos por dia, pago o aluguel... e você passa as tardes tomando café com as amigas. E ainda fornece o café e o açúcar. E eu... sou eu que dou o dinheiro. Agi bem com você e você não me paga na mesma moeda." Mas ela não trabalhava, dizia sempre que não conseguia, e foi assim que percebi que havia trapaça.

Contou-me, então, que encontrara dentro de sua bolsa um bilhete de loteria e que ela não soubera explicar como conseguira comprá-lo. Mais tarde, encontrara em sua casa um recibo de penhor, provando que empenhara duas pulseiras. Até então, desconhecia a existência dessas pulseiras.

— Vi logo que se tratava de alguma trapaça. Então a deixei. Mas, antes, dei-lhe uma surra. E, depois, disse-lhe umas verdades. Disse-lhe que ela só queria se divertir. Disse a ela, compreende, Sr. Meursault: "Não vê que todos têm inveja da felicidade que lhe dou! Um dia, ainda vai reconhecer a felicidade que tinha."

Espancara-a até sangrar. Antes disso, não batia nela.

— Dava tapas, mas ternamente, por assim dizer. Ela gritava um pouco. Eu fechava as janelas e tudo terminava como sempre. Mas agora é sério. E, a meu ver, não a castiguei bastante.

Explicou-me, então, que era por isso que precisava de um conselho. Parou para regular o pavio do lampião. Eu continuava a ouvi-lo. Bebera quase um litro de vinho e sentia muito calor nas têmporas. Como os meus haviam acabado, fumava os cigarros de Raymond. Passavam os últimos bondes, levando com eles os ruídos agora longínquos do bairro. Raymond prosseguiu. O que o aborrecia “era que ainda sentia uma falta física dela”. Mas queria castigá-la. Primeiro, pensara em levá-la para um hotel e chamar a delegacia de costumes para provocar um escândalo e ela ser registrada como profissional. Depois, dirigira-se a uns amigos que tinha no submundo. Estes não tinham tido nenhuma ideia. Sendo assim, salientava Raymond, valia realmente a pena pertencer ao submundo? Dissera-lhes isso e eles lhe tinham, então, proposto “marcá-la”. Mas não era ainda o que ele queria. Precisava pensar. Mas, antes, queria perguntar-me uma coisa. Aliás, antes de perguntar, queria saber o que eu pensava dessa história toda. Respondi que não pensava nada, mas que a achava interessante. Perguntou-me se eu achava que havia tapeação nisso tudo. Parecia-me claro que sim; se achava que ela deveria ser castigada, e o que faria, se estivesse no seu lugar. Disse-lhe que nunca se podia saber, mas compreendia que ele quisesse castigá-la. Bebi mais um pouco de vinho. Ele acendeu um cigarro e me revelou seu plano. Queria escrever-lhe uma carta "com pontapés e, ao mesmo tempo, com coisas para fazê-la se arrepender". Depois, quando ela voltasse, iria levá-la para a cama como fazia habitualmente e, "bem no momento de acabar", cuspiria na sua cara e a poria para fora. Achei que dessa maneira ela estaria castigada. Mas Raymond me disse que não se sentia capaz de escrever a carta necessária e que pensara em mim para redigi-la. Como eu nada dissesse, perguntou-me se me importava de fazê-lo agora mesmo, e respondi que não.

Ele então se levantou, depois de beber um copo de vinho. Afastou os pratos e o pouco de chouriço frio que tínhamos deixado. Limpou cuidadosamente o encerado da mesa. Tirou de uma gaveta da mesa de cabeceira uma folha de papel quadriculado, um envelope amarelo, um pequeno porta-pena de madeira vermelha e um tinteiro quadrado de tinta roxa. Quando me disse o nome da mulher, vi que era moura. Escrevi a carta. Redigia um pouco sem pensar, mas esforcei-me o possível para contentar Raymond, pois não tinha razão nenhuma para não contentá-lo. Depois, li a carta em voz alta. Escutou-me, fumando e balançando a cabeça, e em seguida pediu-me que a relesse. Ficou totalmente satisfeito.

— Já sabia que você conhecia a vida — disse-me ele.

Não percebi a princípio que me tratava de você. Foi só quando declarou "Agora você é um verdadeiro amigo" que me dei conta.

Repetiu a frase e eu disse:

— Está bem.

Tanto fazia ser ou não amigo dele, e ele parecia realmente ter vontade disso. Lacrou a carta e acabamos o vinho. Depois ficamos um instante fumando, sem dizer nada. Lá fora tudo estava calmo, ouvimos o deslizar de um carro que passava.

— É tarde — comentei.

Raymond também achava que sim. Observou que o tempo passava depressa, e, em certo sentido, era verdade. Estava com sono, mas tinha dificuldade de me levantar. Devia estar com um ar cansado, porque Raymond me disse que eu não devia me entregar. A princípio, não compreendi. Explicou-me, então, que soubera da morte de minha mãe, mas que era uma coisa que, mais dia, menos dia, tinha de acontecer. Essa era também a minha opinião.

Levantei-me, Raymond deu-me um forte aperto de mão dizendo-me que entre homens a gente sempre se entende. Ao sair da casa dele, fechei a porta e fiquei um momento no corredor escuro. O prédio estava calmo e, das profundezas da escadaria, subia um sopro úmido e obscuro. Ouvia apenas o sangue zumbindo nos ouvidos. Fiquei imóvel. Mas, no quarto do velho Salamano, o cão gemeu surdamente.

4

Trabalhei muito durante toda a semana. Raymond veio visitar-me e disse que enviara a carta. Fui duas vezes ao cinema com Emmanuel, que nem sempre compreende o que se passa na tela. É preciso, então, dar-lhe explicações. Ontem foi sábado e, como havíamos combinado, encontrei-me com Marie. Desejei-a intensamente porque usava um belo vestido de listras vermelhas e brancas e sandálias de couro. Adivinhavam-se seus seios firmes e o queimado do sol lhe dava um aspecto de flor. Pegamos um ônibus e fomos para uma praia, a alguns quilômetros de Argel, espremida entre rochedos e margeada de caniços. O sol das quatro horas não estava quente demais, mas a água estava morna, com pequenas ondas longas e preguiçosas. Marie ensinou-me uma brincadeira. Ao nadar, era preciso beber na crista das ondas, acumular toda a espuma na boca e, em seguida, virar de costas para projetá-la contra o céu. Isto produzia uma espécie de renda espumante, que desaparecia no ar ou, como uma chuva morna, me caía no rosto. Mas depois de algum tempo sentia o ardor do sal queimar a boca. Marie chegou perto, então, e colou-se a mim na água. Colocou a boca contra a minha. A língua dela refrescava-me os lábios, e rolamos por instantes nas ondas.

Quando nos vestimos na praia, Marie olhava-me com olhos brilhantes. Beijei-a. A partir desse momento, não falamos mais. Apertei-a contra mim e tivemos pressa de encontrar um ônibus, de voltar, de ir para a minha casa e de nos atirarmos na minha cama. Tinha deixado a janela aberta e era bom sentir a noite de verão escorrer por nossos corpos bronzeados.

Esta manhã, Marie ficou comigo e eu lhe disse que almoçaríamos juntos. Desci para comprar carne. Na volta, ao subir, ouvi uma voz de mulher no quarto de Raymond. Pouco depois, o velho Salamano ralhou com o cão, ouvimos um barulho de solas e de patas nos degraus de madeira da escada e, depois, "Imundo, carcaça". Saíram para a rua. Contei a Marie a história do velho e ela riu. Estava com um dos meus pijamas, do qual arregaçara as mangas. Quando riu, voltei a sentir desejo por ela. Instantes depois, perguntou-me se eu a amava. Respondi-lhe que isso não queria dizer nada, mas que me parecia que não. Ficou com o ar triste. Mas, ao preparar o almoço, sem que houvesse motivo voltou a rir de tal forma que a beijei. Foi nesse momento que repercutiram os ruídos de uma discussão na casa de Raymond.

Ouviu-se, primeiro, uma voz estridente de mulher e, depois, Raymond que dizia "Você me enganou, você me enganou. Vou ensiná-la a me enganar". Uns ruídos surdos e a mulher berrou, mas de maneira tão horrível que o corredor se encheu logo de gente. Marie e eu também saímos. A mulher continuava a gritar e Raymond não parava de bater. Marie disse-me que era terrível, e eu nada respondi. Pediu-me que fosse chamar um policial, mas respondi-lhe que não gostava de policiais. No entanto, chegou um com o inquilino do segundo andar, que é encanador. Ele bateu à porta e não se ouviu mais nada. Bateu com mais força e, alguns instantes depois, a mulher chorou, e

Raymond abriu. Tinha um cigarro na boca e um ar sonso. A moça precipitou-se para a porta e declarou ao policial que Raymond a espancara.

— Seu nome — disse o policial.

Raymond respondeu.

— Tire o cigarro da boca quando falar comigo — disse o policial.

Raymond hesitou, olhou para mim e deu uma tragada no cigarro. Neste momento, o policial deu-lhe uma bofetada com toda a força, em plena cara, com um estalo surdo e pesado. O cigarro caiu alguns metros adiante. Raymond mudou de expressão, mas nada disse na hora, até perguntar com uma voz humilde se podia apanhar o cigarro. O policial declarou que sim e acrescentou:

— Mas fique sabendo, da próxima vez, que um policial não é um palhaço.

Enquanto isso, a moça chorava e repetia:

— Ele me bateu. É um cafetão.

— Senhor policial — perguntou, então, Raymond —, está na lei isso de chamar um homem de cafetão?

Mas o policial o mandou "calar o bico". Raymond voltou-se para a mulher e disse:

— Não perde por esperar, pequena.

O guarda disse que se calasse, que a moça devia ir embora e que ele ficasse no quarto até ser chamado à delegacia. Acrescentou que Raymond devia ter vergonha de estar bêbado a ponto de tremer daquele jeito. Nesse momento, Raymond explicou:

— Não estou bêbado, senhor policial. Mas é só que, diante do senhor, não posso deixar de tremer. — Fechou a porta e todos foram embora. Marie e eu acabamos de preparar nosso almoço. Mas ela não estava com fome, comi quase tudo. Saiu à uma hora, e eu dormi um pouco.

Por volta das três horas bateram à porta, e Raymond entrou. Continuei deitado. Sentou-se na borda da cama. Ficou uns instantes sem falar e eu lhe perguntei o que acontecera. Contou-me que tinha feito o que queria, mas que ela lhe dera uma bofetada e que ele, então, começara a espancá-la. Quanto ao resto, eu mesmo o presenciara. Disse-lhe parecer-me que agora ela fora castigada e que ele devia estar contente. Era também a opinião dele, e observou que, por mais que o policial fizesse, não mudaria as pancadas que ela recebera. Acrescentou que conhecia bem os policiais e sabia perfeitamente como se deve lidar com eles. Perguntou-me, então, se eu esperava que ele reagisse à bofetada do policial. Respondi-lhe que não esperava absolutamente nada e que, aliás, não gostava de policiais. Raymond pareceu ficar muito contente. Perguntou-me se queria sair com ele. Levantei-me e comecei a me pentear. Disse que era preciso que eu servisse de testemunha. A mim tanto fazia, mas não sabia o que devia dizer. Segundo Raymond, bastava declarar que a mulher o enganara. Aceitei servir de testemunha.

Saímos e Raymond ofereceu-me um trago. Depois, quis jogar uma partida de bilhar, e perdi por pouco. A seguir, queria ir ao bordel, mas eu disse que não, porque não gosto disso. Então voltamos lentamente, e ele me dizia quanto se sentia contente por ter conseguido castigar a amante. Achei-o muito simpático comigo e pensei que aquele era um momento agradável.

De longe, distingui na soleira da porta o velho Salamano, com um ar agitado. Quando nos aproximamos, reparei que não estava com o cão. Olhava para todos os lados, dava voltas em torno de si mesmo, tentava penetrar com os olhos na escuridão do corredor, resmungava palavras sem nexo e recomeçava a observar a rua com os seus olhinhos avermelhados. Quando

Raymond lhe perguntou o que havia, não respondeu logo. Ouvi vagamente que ele murmurava: "Imundo, carcaça" e continuava a se agitar. Perguntei-lhe onde estava o cão. Respondeu-me bruscamente que fora embora. E depois, de repente, falou de novo, rápido:

— Levei-o como de costume ao Campo de Manobras. À volta das barracas da feira havia muita gente. Parei para olhar o Rei da Fuga. E quando quis ir embora, ele já não estava mais lá. Havia muito tempo que eu queria comprar uma coleira menor. Mas nunca pensei que esse cão nojento fosse embora assim.

Raymond explicou-lhe, então, que o cão possivelmente se perdera e que voltaria. Citou-lhe vários exemplos de cães que tinham percorrido dezenas de quilômetros para encontrar o dono. Apesar disso, o velho ficou ainda mais agitado.

— Vão tomá-lo de mim, compreende? Pelo menos se alguém o recolhesse... Mas não! Com aquelas feridas, enoja todo mundo. A carrocinha vai apanhá-lo, tenho certeza.

Eu lhe disse então que se dirigisse ao depósito de cães e que o devolveriam, mediante o pagamento de alguma taxa. Perguntou-me se era muito caro. Eu não sabia. Então, irritou-se:

— Dar dinheiro por aquela carcaça! Ah, ele que se dane! — E pôs-se a xingá-lo. Raymond riu e entrou no prédio. Segui-o e nos despedimos no corredor. Pouco depois, ouvi os passos do velho e ele bateu à porta. Quando abri, ficou uns momentos na soleira e disse:

— Desculpe, desculpe.

Convidei-o a entrar, mas ele não quis. Olhava para as pontas dos sapatos e as mãos cheias de crostas tremiam. Sem me encarar, perguntou:

— Não vão tirá-lo de mim, não é, Sr. Meursault? Vão devolvê-lo, não vão? Senão, o que vai ser de mim?

Expliquei-lhe que os cães ficavam durante três dias no abrigo, à disposição dos donos, e que depois disso faziam deles o que bem entendiam. Olhou para mim em silêncio. Depois, disse:

— Boa noite.

Fechou a porta e eu o ouvi andar de um lado para o outro. A cama dele rangeu. E pelo estranho barulho que atravessou a parede, compreendi que estava chorando. Não sei por quê, pensei na minha mãe. Mas no dia seguinte precisava levantar-me cedo. Não tinha fome e deitei-me sem jantar.

5

Raymond telefonou para meu escritório. Disse-me que um de seus amigos (a quem falara de mim) me convidava para passar o domingo numa casa de praia que tinha perto de Argel. Respondi que gostaria muito, mas que já combinara passar o domingo com uma amiga. Raymond declarou imediatamente que também a convidava. A mulher do amigo ficaria muito contente por não ser a única no meio de um grupo de homens.

Quis desligar imediatamente, pois sei que o patrão não gosta que nos telefonem de fora. Mas Raymond pediu-me que esperasse, e disse que poderia ter transmitido o convite à noite, mas queria avisar-me de outra coisa. Fora seguido durante todo o dia por um grupo de árabes, entre os quais estava o irmão de sua ex-amante.

— Se você os vir esta noite perto de casa, quando voltar, me avise.

Respondi que estava combinado.

Pouco depois o patrão mandou chamar-me e, no momento, fiquei aborrecido porque pensei que ia dizer para telefonar menos e trabalhar mais. Não era nada disso. Declarou que ia falar-me de um projeto ainda muito vago. Queria apenas saber a minha opinião sobre o assunto. Pretendia instalar um escritório em Paris, para tratar de seus negócios diretamente com as grandes companhias, e perguntou-me se eu estava disposto a ir para lá. Isto me permitiria viver em Paris e viajar durante parte do ano.

— Você é novo e acho que essa vida lhe agradaria.

Disse que sim, mas que no fundo tanto fazia. Perguntou-me, depois, se eu não estava interessado em uma mudança de vida. Respondi que nunca se muda de vida; que, em todo caso, todas se equivaliam, e que a minha aqui não me desagradava em absoluto. Mostrou-se descontente, disse que eu respondia sempre à margem das questões, que não tinha ambição e que isto era desastroso nos negócios. Voltei então para o meu trabalho. Teria preferido não o aborrecer, mas não via razão alguma para mudar minha vida. Pensando bem, não era infeliz. Quando era estudante, tinha muitas ambições desse gênero. Mas, quando tive de abandonar os estudos, compreendi muito depressa que essas coisas não tinham real importância.

À noite, Marie veio buscar-me e perguntou se eu queria casar-me com ela. Disse que tanto fazia, mas que, se ela queria, poderíamos nos casar. Quis, então, saber se eu a amava. Respondi, como já respondera uma vez, que isso nada queria dizer, mas que provavelmente não a amava.

— Nesse caso, por que se casar comigo? — perguntou ela.

Expliquei que isso não tinha importância alguma e que, se ela o desejava, poderíamos nos casar. Era ela, aliás, quem o perguntava, e eu me contentava em dizer que sim. Observou, então, que o casamento era uma coisa séria.

— Não — respondi.

Ela se calou durante alguns instantes, olhando-me em silêncio. Depois, falou. Queria simplesmente saber se, partindo de outra mulher com a qual tivesse o mesmo relacionamento, eu teria aceitado a mesma proposta.

— Naturalmente — respondi.

Perguntou então a si própria se me amava, mas eu nada podia saber sobre isso. Depois de outro instante de silêncio, murmurou que eu era uma pessoa estranha, que me amava provavelmente por isso mesmo, mas que talvez um dia, pelos mesmos motivos, eu a decepcionaria. Como ficasse calado, nada tendo a acrescentar, tomou-me o braço, sorrindo, e declarou que queria casar-se comigo. Respondi que sim, que o faríamos assim que ela quisesse. Falei-lhe, então, sobre a proposta do patrão, e Marie disse que gostaria de conhecer Paris. Contei-lhe que vivera lá durante algum tempo, e ela me perguntou como era.

— É uma cidade suja. Há pombos e pátios escuros. As pessoas têm a pele branca.

Depois, andamos e atravessamos a cidade pelas ruas principais. As mulheres eram bonitas e perguntei a Marie se ela também reparara. Respondeu que sim e que me compreendia. Durante algum tempo, não falamos mais. Queria, no entanto, que ela ficasse comigo, e disse-lhe que poderíamos jantar juntos no

Céleste. Ela gostaria muito, mas tinha o que fazer. Estávamos perto da minha casa e eu lhe disse até logo. Ela olhou para mim:

— Não quer saber o que tenho de fazer?

Eu queria muito saber, mas não tinha pensado nisso, e era o que ela parecia me censurar. Então, diante do meu ar embaraçado, voltou a rir e, para me oferecer a boca, juntou seu corpo ao meu.

Jantei no Céleste. Já tinha começado a comer quando entrou uma mulherzinha esquisita que me perguntou se podia sentar-se à minha mesa. É claro que podia. Fazia gestos bruscos e tinha olhos brilhantes, num pequeno rosto de maçã. Tirou o casaco, sentou-se e consultou febrilmente o cardápio. Chamou Céleste e imediatamente fez todos os seus pedidos, com uma voz ao mesmo tempo precisa e acelerada. Enquanto esperava a entrada, abriu a bolsa, tirou um pequeno pedaço de papel e um lápis, fez a conta adiantada e depois tirou da carteira, acrescida da gorjeta, a quantia exata, que colocou diante de si. Nesse momento trouxeram-lhe a entrada, que devorou a toda velocidade. Enquanto esperava o prato seguinte, tirou da bolsa um lápis azul e uma revista que dava os programas radiofônicos da semana. Com o maior cuidado, assinalou uma a uma quase todas as transmissões. Como a revista tinha umas doze páginas, continuou meticulosamente esse trabalho durante toda a refeição. Eu já havia acabado de comer e ela ainda assinalava com a mesma aplicação. Depois levantou-se, vestiu o casaco com os mesmos gestos precisos de autômato e foi embora. Como nada tinha que fazer, também saí, e segui-a durante uns momentos. Colocara-se à beira da calçada, e com uma segurança e uma rapidez incríveis, seguia o seu caminho sem se desviar e sem se voltar. Acabei por perdê-la de vista, e resolvi voltar. Achei que ela era estranha, mas esqueci-a logo.

À porta de casa encontrei o velho Salamano. Convidei-o a entrar e ele me informou que o cão se perdera, pois não estava no abrigo. Os empregados haviam dito que talvez tivesse sido atropelado. Perguntara se não era possível sabê-lo nas delegacias de polícia. Tinham-lhe respondido que não faziam registro de coisas como essas, pois aconteciam todos os dias. Disse ao velho Salamano que poderia arranjar outro cão, mas ele me respondeu, com toda a razão, que estava habituado àquele.

Eu estava sentado na cama e Salamano numa cadeira diante da mesa. Estava de frente para mim e tinha as mãos sobre os joelhos. Conservava o velho chapéu na cabeça. Sob o bigode amarelecido, mastigava pedaços de frases. Ele me entediava um pouco, mas eu não tinha nada que fazer, e não estava com sono. Para dizer alguma coisa, fiz-lhe perguntas sobre o cão. Disse-me que o recebera depois da morte da mulher. Casara-se bastante tarde. Na juventude, tivera vontade de fazer teatro: na tropa, representara em vários espetáculos militares. Mas acabara entrando para a rede ferroviária e não se arrependia, pois agora recebia uma pequena aposentadoria. Não fora feliz com a mulher, mas, no todo, habituara-se a ela. Quando ela morreu, sentira-se muito só. Pedira, então, a um colega de escritório que lhe desse um cão, e fora-lhe oferecido aquele, ainda muito novo. Tivera de alimentá-lo com mamadeira. Mas como o cão vive menos do que o homem, tinham acabado por envelhecer juntos.

— Tinha mau gênio — disse Salamano. — De vez em quando, brigávamos. Mas, apesar disso, era um bom cão.

Quando lhe falei que o cão era de boa raça, Salamano ficou com um ar contente.

— E veja — acrescentou —, não o conheceu antes da doença. O pelo era o que tinha de mais bonito.

Todas as noites e todas as manhãs, desde que o cão pegara aquela doença de pele, Salamano passava pomada nele. Mas em sua opinião a sua verdadeira doença era a velhice, e essa não se cura.

Nesse momento, bocejei, e o velho anunciou que ia embora. Observei-lhe que podia ficar e que eu estava aborrecido com o que acontecera ao cão. Agradeceu-me. Disse-me que mamãe gostava muito do cão. Ao falar dela, chamava-a de "sua pobre mãe". Emitiu a opinião de que eu devia sentir-me muito infeliz desde que a minha mãe morrera, e eu nada respondi. Acrescentou, então, muito depressa e com um ar sem jeito, que no bairro me tinham criticado por tê-la mandado para o asilo, mas ele me conhecia e sabia que eu gostava muito de mamãe. Respondi, não sei ainda por quê, que ignorava até o momento que me julgassem um mau filho por causa disso, mas que o asilo me parecera uma coisa natural, pois não tinha recursos para mantê-la comigo.

— Além disso — acrescentei —, havia muito tempo que ela não tinha assunto algum para conversar comigo, e se entediava sozinha.

— Sim — disse ele —, e no asilo pelo menos arranjam-se amigos.

Depois despediu-se. Queria dormir. Sua vida agora mudara completamente, e não sabia muito bem o que ia fazer. Pela primeira vez desde que o conhecia, estendeu-me a mão, num gesto furtivo, e eu senti as escamas da sua pele. Sorriu um pouco e, antes de sair, disse:

— Espero que os cães não ladrem esta noite. Acho sempre que é o meu.

6

No domingo tive dificuldade em acordar, e foi preciso que Marie me chamasse e me sacudisse. Não comemos, porque queríamos tomar banho de mar bem cedo. Sentia-me completamente vazio e estava com um pouco de dor de cabeça. Meu cigarro tinha um gosto amargo. Marie fez troça de mim porque dizia que eu estava com "cara de enterro". Pusera um vestido de algodão branco e soltara os cabelos. Disse-lhe que estava bonita e ela riu de contentamento.

Ao descer, batemos à porta de Raymond. Respondeu-nos que já vinha. Na rua, por causa do meu cansaço e também porque não tínhamos aberto as persianas, o dia, já cheio de sol, atingiu-me como uma bofetada. Marie saltava de alegria e não parava de repetir que o tempo estava bom. Senti-me melhor e percebi que estava com fome. Disse isso a Marie, que me mostrou a sua bolsa de lona, onde pusera as nossas roupas de banho e uma toalha. Nada havia a fazer senão esperar, e ouvimos Raymond fechar a porta. Estava de calça azul e camisa branca de mangas curtas. Mas pusera um chapéu de palha, o que fez Marie rir, e sob os pelos negros seus antebraços estavam muito brancos. Isto me causava certa aversão. Ao descer, assobiava e parecia muito contente.

— Olá, meu velho! — disse-me e chamou Marie de "senhorita".

Na véspera, tínhamos ido à delegacia e eu testemunhei que a mulher o "enganara". Foi liberado com uma advertência. Não verificaram a minha informação. Diante da porta, comentamos isso com Raymond e, depois, decidimos tomar o ônibus. A praia não era muito longe, mas, assim, iríamos mais depressa. Raymond achava que o amigo ficaria contente de nos ver chegar cedo. Íamos partir quando Raymond, de súbito, me fez sinal para olhar em frente. Vi um grupo de árabes encostados na vitrina de uma tabacaria. Olhavam-nos em silêncio, mas à maneira deles, como se fôssemos pedras ou árvores mortas. Raymond disse-me que seu tipo era o segundo a contar da esquerda, e ficou com uma expressão preocupada. Acrescentou, no entanto, que agora era um caso encerrado. Marie não compreendia muito bem e nos perguntou o que se passava. Disse-lhe que eram uns árabes que tinham raiva de Raymond. Marie quis que fôssemos embora logo. Raymond endireitou-se e riu, concordando em que era preciso nos apressarmos.

Fomos para o ponto de ônibus, que ficava um pouco mais longe, e Raymond me anunciou que os árabes não nos haviam seguido. Voltei-me. Continuavam no mesmo lugar e olhavam com a mesma indiferença para o local que acabávamos de deixar. Tomamos o ônibus. Raymond, que parecia totalmente aliviado, não parava de brincar com Marie. Senti que ela lhe agradava, mas vi que Marie quase não lhe respondia. De vez em quando, ela olhava para ele e ria.

Descemos num subúrbio de Argel. A praia não fica longe do ponto de ônibus. Mas foi preciso atravessar um pequeno planalto que domina o mar e descer, em seguida, para a praia. Estava coberto de pedras amareladas e de abróteas todas brancas, em contraste com o azul duro do céu. Marie divertia-se espalhando as pétalas das flores, batendo nelas com a bolsa de praia. Caminhamos entre fileiras de pequenas casas de praia com cercas verdes ou brancas, algumas com as suas varandas escondidas por arbustos e outras, nuas, no meio das pedras. Antes de chegar à beira do planalto já se podia ver o mar imóvel e, mais adiante, um promontório maciço e sonolento na água clara. Chegou até nós, no ar calmo, um ligeiro ruído de motor. Vimos, muito longe, uma pequena traineira que imperceptivelmente avançava no mar brilhante. Marie colheu alguns cristais de rocha. Da encosta que descia para o mar, vimos que já havia alguns banhistas na praia.

O amigo de Raymond morava numa casa de madeira no fim da praia. A casa ficava encostada nos rochedos e os pilotis que a sustentavam à frente mergulhavam já na água. Raymond nos apresentou. Seu amigo chamava-se Masson. Era um sujeito alto, de tronco e ombros maciços, com uma mulher pequena, gorda e simpática, de sotaque parisiense. Disse imediatamente que ficássemos à vontade e que havia uma fritada com os peixes que ele pescara nesta mesma manhã. Disse-lhe que achava a casa muito bonita. Informou-me que vinha passar ali o sábado, o domingo e todos os feriados.

— Com a minha mulher, bem entendido — acrescentou.

Por sinal, ela ria com Marie. Pela primeira vez, talvez, pensei realmente que ia me casar.

Masson queria cair no mar, mas a mulher e Raymond não queriam ir. Descemos os três e Marie atirou-se logo na água. Masson e eu esperamos um pouco. Ele falava devagar e notei que tinha o hábito de completar tudo quanto dizia por "e digo mais", mesmo quando, no fundo, nada acrescentava ao sentido da frase. A propósito de Marie, disse:

— É deslumbrante, e digo mais, encantadora.

Depois, deixei de prestar atenção a esse cacoete pois estava ocupado em sentir que o sol me fazia bem. A areia começava a esquentar sob os pés. Retardei mais um pouco a vontade que tinha de ir para a água, mas acabei dizendo a Masson:

— Vamos?

Mergulhei. Ele entrou lentamente na água e mergulhou quando perdeu pé. Nadava de peito e bastante mal, de modo que o deixei para alcançar Marie. A água estava fria e eu estava contente de nadar. Afastei-me com Marie e nos sentíamos em consonância nos gestos e no contentamento.

Ao largo, começamos a boiar, e no meu rosto voltado para o céu o sol afastava os últimos véus de água que me corriam pela boca. Vimos que Masson regressara à praia para estender-se ao sol. De longe, parecia enorme. Marie quis que nadássemos juntos. Coloquei-me atrás dela para segurá-la pela cintura e ela avançava com a força dos braços, enquanto eu a ajudava batendo os pés. O pequeno ruído da água batida seguiu-nos ao longo da manhã, até que me senti cansado. Então, deixei Marie e voltei para a praia, nadando compassadamente e respirando fundo. Na praia, estendi-me de barriga para baixo perto de Masson e enfiei o rosto na areia. Disse-lhe que "era bom", e ele tinha a mesma opinião. Pouco depois, Marie chegou. Virei-me para vê-la. Estava toda viscosa de água salgada e tinha os cabelos para trás. Estendeu-se encostada a mim e os dois calores, o do seu corpo e o do sol, fizeram-me adormecer um pouco.

Marie sacudiu-me e disse que Masson já subira para casa, estava na hora do almoço. Levantei-me imediatamente porque tinha fome, mas Marie reclamou que não a beijara desde a manhã. Era verdade e, no entanto, eu estava com vontade de beijá-la.

— Venha para a água — disse ela.

Corremos e nos atiramos nas primeiras ondas. Demos algumas braçadas e ela colou-se a mim. Senti suas pernas em volta das minhas e desejei-a.

Quando voltamos, Masson já nos chamava. Falou que estava com muita fome e declarou logo à mulher que eu lhe agradava. O pão estava bom, devorei a minha porção de peixe. Depois, havia carne e batatas fritas. Comíamos todos sem falar. Masson bebia muito vinho e me servia sem parar. Na hora do café, tinha a cabeça um pouco pesada e fumei muito. Masson, Raymond e eu consideramos a hipótese de passar o mês de agosto na praia, dividindo as despesas. Marie nos perguntou, de repente:

— Sabem que horas são? São onze e meia.

Ficamos todos admirados, mas Masson comentou que tínhamos comido muito cedo, o que era natural, pois hora de almoço é a hora em que se sente fome. Não sei por que isto fez Marie rir tanto. Acho que bebera demais. Masson perguntou-me, então, se queria ir dar um passeio pela praia com ele.

— Minha mulher faz sempre uma sesta depois do almoço. Eu não gosto. Preciso andar. Digo-lhe sempre que é melhor para a saúde. Mas, afinal, é um direito seu.

Marie declarou que ficaria para ajudar a Sra. Masson a lavar a louça. A pequena parisiense disse que para isso era preciso pôr os homens para fora. Descemos os três.

O sol caía quase a pino sobre a areia e o seu brilho no mar era insustentável. Já não havia ninguém na praia. Nas casas ao longo do planalto, suspensas sobre o mar, ouvia-se o barulho de pratos e talheres. Respirava-se com dificuldade no calor de pedra que subia do chão. De início, Raymond e Masson falaram de coisas e pessoas que eu não conhecia. Compreendi que se conheciam havia muito tempo e que em determinada época tinham até morado juntos. Dirigimo-nos para a água e caminhamos pela beira do mar. Às vezes, uma onda mais forte vinha molhar nossos sapatos de lona. Não pensava em nada, porque estava meio adormecido por este sol na minha cabeça descoberta.

Nesse momento, Raymond disse a Masson alguma coisa que não consegui ouvir muito bem. Mas percebi, ao mesmo tempo, no fim da praia e muito longe de nós, dois árabes de macacões azuis, que vinham na nossa direção. Olhei para Raymond e ele me disse:

— É ele.

Continuamos a andar. Masson perguntou como é que eles tinham conseguido nos seguir até aqui. Pensei que nos deviam ter visto ao tomar o ônibus com uma bolsa de praia, mas não disse nada.

Os árabes avançavam lentamente e já estavam muito mais perto. Não mudamos nosso passo, mas Raymond disse:

— Se houver briga, você, Masson, fica com o segundo. Eu me encarrego do meu tipo. Você, Meursault, se vier outro, é seu.

— Está bem — disse, e Masson botou as mãos nos bolsos.

A areia superaquecida me parecia agora vermelha. Avançávamos no mesmo ritmo em direção aos árabes. A distância entre nós foi diminuindo regularmente. Quando estávamos apenas a alguns passos uns dos outros, os árabes se detiveram. Masson e eu começamos a andar mais devagar. Raymond foi direto ao seu tipo. Não ouvi muito bem o que lhe disse, mas o outro fez menção de lhe dar uma cabeçada. Raymond deu, então, o primeiro soco, e logo a seguir chamou Masson. Masson dirigiu-se ao que lhe fora destinado e aplicou-lhe dois socos com toda a força.

O árabe estatelou-se no mar, o rosto dentro d'água, e ficou assim alguns segundos, com bolhas de ar rebentando na superfície à volta da cabeça. Enquanto isso, Raymond continuou a bater, e o outro estava com o rosto coberto de sangue. Raymond voltou-se para mim e disse:

— Vai ver como ele vai apanhar!

— Cuidado — gritei-lhe —, ele está com uma faca. — Mas Raymond já estava com o braço ferido e um talho na boca.

Masson deu um salto para a frente. Mas o outro árabe tinha se levantado e se colocara atrás do que estava armado. Não ousamos nos mexer. Eles recuaram lentamente, sem deixar de nos olhar e de nos ameaçar com a faca. Quando viram que a distância era suficiente, fugiram muito rapidamente enquanto nós ficávamos pregados sob o sol e Raymond comprimia o braço do qual escorria sangue.

Masson disse imediatamente que havia um médico que passava os domingos no pequeno planalto. Raymond quis ir logo para lá. Mas cada vez que falava o sangue da ferida fazia bolhas na boca. Nós o amparamos, e voltamos para casa o mais depressa possível. Lá, Raymond disse que suas feridas eram superficiais e que podia ir até a casa do médico. Saiu com Masson e eu fiquei para explicar às mulheres o que havia acontecido. A Sra. Masson chorava e Marie estava muito pálida. Para mim, era desagradável ter de lhes explicar. Por fim, calei-me e fiquei fumando, olhando para o mar.

Por volta da uma e meia Raymond voltou com Masson. Ele tinha o braço enfaixado e um esparadrapo no canto da boca. O médico lhe afirmara que não era nada, mas ele estava com um ar muito sombrio. Masson tentou fazê-lo rir. Mas Raymond continuava sem falar. Quando disse que ia descer até a praia, perguntei-lhe aonde ia. Masson e eu dissemos que o acompanharíamos. Então, irritou-se e nos insultou. Masson declarou que não devíamos contrariá-lo. Apesar disso, eu o segui.

Andamos muito tempo pela praia. O sol estava agora esmagador. Ele se desfazia em pedaços sobre a areia e sobre o mar. Tive a impressão de que Raymond sabia aonde ia, mas talvez estivesse enganado. Lá no fim da praia chegamos finalmente a uma pequena fonte que brotava na areia, por trás de um grande rochedo. Ali, encontramos nossos dois árabes. Estavam deitados, com os seus macacões gordurosos.

Estavam com a expressão totalmente calma e quase contente. Nossa chegada nada alterou. O que atingira Raymond olhava-o sem dizer uma palavra. O outro soprava uma flauta de cana e repetia sem parar, olhando-nos de soslaio, as três notas que obtinha do instrumento.

Durante todo esse tempo só havia o sol e esse silêncio, com o leve ruído da nascente e das três notas. Depois Raymond levou a mão ao bolso de trás, mas o outro não se moveu, e eles continuavam a se olhar. Reparei que o que tocava flauta tinha os dedos dos pés muito separados. Mas, sem tirar os olhos do adversário, Raymond me perguntou:

— Acabo com ele?

Pensei que, se dissesse não, ficaria excitado e certamente dispararia. Disse apenas:

— Ele ainda não falou nada. Disparar assim seria um golpe baixo.

Ouvíamos ainda o leve ruído de água e de flauta no coração do silêncio e do calor.

— Então vou xingá-lo e, quando ele responder, eu o mato — disse Raymond.

— Isso mesmo. Mas se ele não puxar a faca, você não pode atirar — respondi.

Raymond começou a enervar-se um pouco. O outro continuava a tocar e os dois observavam cada gesto de Raymond.

— Não — eu disse a Raymond. — Pegue-o de homem para homem e dê-me o revólver. Se o outro se meter ou se puxar a faca, eu o mato.

Quando Raymond me deu o revólver, o sol refletiu nele. No entanto, ficamos imóveis, como se tudo se houvesse fechado à nossa volta. Olhávamo-nos sem baixar os olhos e tudo aqui se detinha entre o mar, a areia, o sol, o duplo silêncio da flauta e da água. Pensei nesse instante que se podia atirar ou não atirar. Mas, bruscamente, os árabes começaram a recuar e deslizaram por trás do rochedo. Raymond e eu retornamos, então. Parecia-lhe melhor assim e falou sobre o ônibus da volta.

Acompanhei-o até a casa da praia e, enquanto subia a escada de madeira, fiquei no primeiro degrau, a cabeça latejando por causa do sol, desanimado diante do esforço que era preciso fazer para subir as escadas de madeira e voltar a enfrentar as mulheres. Mas o calor era tanto que me era igualmente penoso ficar assim imóvel, sob a chuva ofuscante que caía do céu. Ficar aqui ou partir dava no mesmo. Ao fim de alguns instantes, voltei para a praia e comecei a caminhar.

Era o mesmo brilho vermelho. Na areia, o mar ofegava com toda a respiração rápida e sufocada de suas pequenas ondas. Eu caminhava lentamente para os rochedos e sentia a testa inchar sob o sol. Todo esse calor me pressionava, opondo-se a meus passos. E cada vez que sentia o seu grande sopro quente no meu rosto, trincava os dentes, fechava os punhos nos bolsos das calças, retesava-me todo para triunfar sobre o sol e essa embriaguez opaca que ele despejava sobre mim. A cada espada de luz que jorrava da areia, de uma concha esbranquiçada ou de um caco de vidro, meus maxilares se crispavam. Andei durante muito tempo.

Via de longe a pequena massa sombria do rochedo envolto em uma auréola ofuscante pela luz e pela névoa do mar. Pensava na nascente fresca atrás do rochedo. Tinha vontade de reencontrar o murmúrio de sua água, vontade de fugir do sol, do esforço e dos choros de mulher, vontade de reencontrar a sombra e seu repouso. Mas quando cheguei mais perto, vi que o tipo de Raymond tinha voltado.

Estava só. Descansava de costas, as mãos debaixo da nuca, a cabeça nas sombras do rochedo, todo o corpo ao sol. Seu macacão azul fumegava ao calor.

Fiquei um pouco surpreso. Para mim, era um caso encerrado, e viera até ali sem pensar nisso.

Logo que me viu, ergueu-se um pouco e meteu a mão no bolso. Eu, naturalmente, agarrei o revólver de Raymond dentro do paletó. Então, o árabe deixou-se cair outra vez para trás, mas sem tirar a mão do bolso. Eu estava bastante longe dele, a uns dez metros de distância. Adivinhava-lhe por instantes o olhar, entre as pálpebras semicerradas. Mas na maior parte do tempo sua imagem dançava diante de meus olhos, no ar inflamado. O barulho das vagas era ainda mais preguiçoso, mais estagnado do que ao meio-dia. Eram o mesmo sol e a mesma luz, sobre a mesma areia, que se prolongavam até aqui. Havia já duas horas que o dia não progredia, duas horas que lançara âncora num oceano de metal fervilhante. No horizonte, passou um pequeno vapor, percebi sua mancha negra com o canto do olho, pois não deixara de fitar o árabe.

Pensei que bastava dar meia-volta e tudo estaria acabado. Mas atrás de mim comprimia-se toda uma praia vibrante de sol. Dei alguns passos em direção à nascente. O árabe não se mexeu. Apesar disso, estava ainda bastante longe. Parecia rir, talvez por causa das sombras sobre seu rosto. Esperei. A ardência do sol ganhava-me as faces e senti gotas de suor se acumularem nas minhas sobrancelhas. Era o mesmo sol do dia em que enterrara mamãe e, como então, doía-me sobretudo a testa, e todas as suas veias batiam juntas debaixo da pele. Por causa dessa ardência, que já não conseguia suportar, fiz um movimento para a frente. Sabia que era estupidez, que não me livraria do sol se desse um passo. Mas dei um passo, um só passo à frente. E, dessa vez, sem se levantar, o árabe tirou a faca, que ele me exibiu ao sol. A luz eclodiu no aço e era como se uma longa lâmina fulgurante me atingisse na testa. No mesmo momento, o suor acumulado nas sobrancelhas correu de repente pelas pálpebras, recobrindo-as com um véu morno e espesso. Meus olhos ficaram cegos por trás desta cortina de lágrimas e de sal. Sentia apenas os címbalos do sol na testa e, indistintamente, o gládio brilhante jorrado da faca ainda à minha frente. Essa espada incandescente corroía as pestanas e penetrava meus olhos doloridos. Foi então que tudo vacilou. O mar trouxe um sopro espesso e ardente. Pareceu-me que o céu se abria em toda a sua extensão, deixando chover fogo. Todo o meu ser se retesou e crispei a mão sobre o revólver. O gatilho cedeu, toquei o ventre polido da coronha e foi aí, no barulho ao mesmo tempo seco e ensurdecedor, que tudo começou. Sacudi o suor e o sol. Compreendi que destruíra o equilíbrio do dia, o silêncio excepcional de uma praia onde havia sido feliz. Então atirei mais quatro vezes num corpo inerte em que as balas se enterravam sem se dar por isso. E era como se desse quatro batidas secas na porta da desgraça.

PARTE II

1

Logo depois da minha prisão fui interrogado várias vezes. Mas tratava-se de interrogatórios de identificação, que não duraram muito tempo. A primeira vez, na delegacia, o meu caso parecia não interessar a ninguém. Oito dias depois, ao contrário, o juiz de instrução olhou-me com curiosidade. Mas, para começar, perguntou-me apenas nome e endereço, profissão, data e local do nascimento. Depois quis saber se eu já escolhera um advogado. Admiti que não e perguntei-lhe se era absolutamente necessário ter um advogado.

— Por quê? — perguntou ele.

Respondi que achava o meu caso muito simples. Sorriu, ao dizer:

— É uma opinião. No entanto, a lei existe. Se o senhor não escolher um advogado, nomearemos um defensor público.

Achei que era muito cômodo a justiça encarregar-se desses pormenores. Disse-lhe isto. Concordou comigo e concluiu que a lei era bem-feita.

No começo, não o levei a sério. Recebeu-me numa sala guarnecida de cortinas, tinha em cima da mesa uma única lâmpada, que iluminava a poltrona na qual me fez sentar, enquanto ele mesmo ficava na sombra. Já tinha lido descrições semelhantes em livros e tudo isto me pareceu um jogo. Depois da nossa conversa, pelo contrário, olhei-o e vi um homem de traços finos, profundos olhos azuis, muito alto, com um comprido bigode grisalho e uma abundante cabeleira quase branca. Pareceu-me uma pessoa muito sensata e, afinal, simpática, apesar dos tiques nervosos que lhe repuxavam a boca. Ao sair, ia até estender-lhe a mão, mas lembrei-me a tempo de que matara um homem.

No dia seguinte, um advogado veio falar comigo na prisão. Era baixo e gordo, bastante jovem, os cabelos cuidadosamente gomalinados. Apesar do calor (eu estava em mangas de camisa), ele usava um terno escuro, colarinho duro e uma estranha gravata com grandes listras pretas e brancas. Colocou em cima da cama a pasta que trazia debaixo do braço, apresentou-se e disse que estudara o meu processo. Meu caso era delicado, mas, se tivesse confiança nele, não duvidava de seu êxito. Agradeci e ele me disse:

— Vamos ao cerne do assunto.

Sentou-se na cama e explicou-me que tinham investigado a minha vida particular. Soube-se que minha mãe morrera recentemente no asilo. Procedera-se, então, a um inquérito em Marengo. Os investigadores tinham descoberto que eu "dera provas de insensibilidade" no dia do enterro de mamãe.

— Veja se compreende — disse meu advogado. — Sinto-me um pouco constrangido em perguntar-lhe isto. Mas é muito importante. E será um forte argumento para a acusação, caso eu não consiga encontrar uma resposta.

Queria que eu o ajudasse. Perguntou-me se naquele dia eu sofrera. Esta pergunta me espantou muito e parecia-me que ficaria muito constrangido se tivesse de fazê-la a alguém. Entretanto, respondi que perdera um pouco o hábito de interrogar a mim mesmo e que era difícil dar-lhe uma informação. É claro que amava mamãe, mas isso não queria dizer nada. Todos os seres normais tinham em certas ocasiões desejado, mais ou menos, a morte das pessoas que amavam. Nesse ponto, o advogado me interrompeu e mostrou-se muito agitado. Obrigou-me a prometer que não diria isto no julgamento, nem ao juiz de instrução. Expliquei-lhe, no entanto, que tinha uma natureza na qual minhas necessidades físicas perturbavam com frequência os meus sentimentos. No dia em que enterrara mamãe, estava muito cansado e com sono. De forma que não me dei muito bem conta do que se passava. O que podia afirmar, com toda a certeza, era que preferia que mamãe não tivesse morrido. Mas o advogado não se mostrou satisfeito.

— Isso não basta — disse-me ele.

Refletiu um pouco. Perguntou-me se ele poderia dizer que, no dia, eu controlara os meus sentimentos naturais.

— Não, porque não é verdade — respondi.

Olhou-me de modo estranho, como se eu lhe inspirasse uma certa repulsa. Disse-me, quase maldosamente, que, de qualquer forma, o diretor e os funcionários do asilo seriam ouvidos como testemunhas, o que “poderia me deixar em maus lençóis”. Comentei que essa história não tinha nenhuma relação com o meu caso, mas ele me respondeu que era óbvio que eu nunca me envolvera com a justiça.

Foi embora com um ar zangado. Gostaria de tê-lo retido, de explicar-lhe que desejava a sua boa vontade, não para que me defendesse melhor, mas naturalmente, se posso dizer assim. Percebia, sobretudo, que não o deixava à vontade. Não me compreendia e ficava com uma certa raiva de mim. Desejava afirmar-lhe que eu era como todo mundo, exatamente como todo mundo. Mas tudo isso, no fundo, não era de grande utilidade e deixei de lado por preguiça.

Pouco tempo depois fui levado novamente ao juiz de instrução. Eram duas horas da tarde e dessa vez o escritório estava cheio de uma luz que a cortina da janela mal conseguia suavizar. Fazia muito calor. Mandou sentar-me e de modo muito gentil declarou que o meu advogado não pudera comparecer "devido a um contratempo". Mas eu tinha todo o direito de não responder às suas perguntas e de esperar que meu advogado pudesse me assistir. Eu disse que podia responder sozinho. Apertou um botão que havia na mesa. Um jovem escrivão veio colocar-se quase às minhas costas.

Nós dois nos empertigamos nas nossas poltronas. O interrogatório começou. Disse-me, antes de mais nada, que me pintavam como tendo um caráter taciturno e fechado e quis saber o que pensava a este respeito.

— É que nunca tenho grande coisa a dizer. Então fico calado — respondi.

Sorriu como da primeira vez, reconheceu que era a melhor das razões e acrescentou:

— Aliás, isso não tem importância alguma. — Calou-se, fitou-me e endireitou-se bruscamente para dizer-me com muita rapidez: — O que me interessa é o senhor. — Não compreendi bem o que ele queria dizer com isso e nada respondi. — Há coisas no seu gesto — acrescentou — que fogem à minha compreensão. Estou certo de que me ajudará a entendê-las.

Eu disse que tudo era muito simples. Insistiu para que lhe reconstituísse o que fizera naquele dia. Repeti o que já tinha lhe contado: Raymond, a praia, o banho, a briga, outra vez a praia, a pequena nascente, o sol e os cinco disparos de revólver. A cada frase, ele dizia "Está bem, está bem". Quando cheguei ao corpo estendido na areia, aprovou-me dizendo "Bom". Quanto a mim, estava cansado de repetir sempre a mesma história e tinha a impressão de nunca ter falado tanto.

Depois de um silêncio, levantou-se e afirmou que queria me ajudar, que ele se interessava por mim e que, com a ajuda de Deus, faria alguma coisa em meu favor. Mas, antes, queria fazer-me mais algumas perguntas. Sem transição, perguntou se eu amava mamãe.

— Sim, como todo mundo — respondi, e o escrivão, que até então batia à máquina em ritmo normal, deve ter-se enganado nas teclas, pois atrapalhou-se e foi obrigado a retroceder.

Ainda sem lógica aparente, o juiz me perguntou então se disparara os cinco tiros seguidos. Refleti e especifiquei que disparara primeiro uma só vez e, alguns segundos depois, dera os outros quatro tiros.

— Por que esperou entre o primeiro e o segundo tiro? — disse então.

Mais uma vez, revi a praia vermelha e senti o sol queimar-me a testa. Mas dessa vez nada respondi. Durante todo o silêncio que se seguiu, o juiz pareceu se agitar. Sentou-se, mexeu nos cabelos, pôs os cotovelos na mesa e inclinou-se um pouco na minha direção com uma expressão estranha:

— Por quê, por que o senhor atirou num corpo caído?

Também não soube responder. O juiz passou as mãos pela testa e repetiu a pergunta, com a voz um pouco alterada:

— Por quê? É preciso que me diga. Por quê?

Eu continuava calado.

Bruscamente, levantou-se, dirigiu-se com grandes passadas para a extremidade da mesa e abriu a gaveta de um arquivo. Tirou um crucifixo de prata que brandiu na minha direção. E com uma voz completamente alterada, quase trêmula, gritou:

— Será que conhece este aqui?

— Sim, é claro — respondi.

Disse-me, então, muito depressa, e de um modo apaixonado, que ele acreditava em Deus, que tinha convicção de que nenhum homem era tão culpado para que Deus não o perdoasse, mas que para isso era necessário que o homem, pelo seu arrependimento, se transformasse como que numa criança, cuja alma está vazia e pronta a acolher tudo. Todo o seu corpo se debruçava sobre a mesa. Agitava o crucifixo quase em cima de mim. A bem dizer, eu não acompanhara muito bem o seu raciocínio: primeiro, porque estava com calor, e porque havia no escritório grandes moscas, que pousavam no meu rosto, e também porque ele me assustava um pouco. Reconhecia, ao mesmo tempo, que isso era ridículo, pois afinal o criminoso era eu. No entanto, ele continuou. Pelo que compreendi, na sua opinião havia apenas um ponto obscuro na minha confissão, o fato de ter esperado para dar o segundo tiro. Quanto ao resto, estava tudo muito bem, mas aquilo ele não compreendia.

Ia dizer-lhe que estava errado em obstinar-se: esse último ponto não tinha tanta importância assim. Mas ele me interrompeu e exortou-me uma última vez, do alto de sua posição, perguntando-me se acreditava em Deus. Respondi que não. Sentou-se, indignado. Disse-me que era impossível, que todos os homens acreditavam em Deus, mesmo os que Lhe viravam o rosto. Essa era a sua convicção e, se algum dia viesse a duvidar dela, a sua vida deixaria de ter sentido.

— O senhor quer — exclamou — que a minha vida não tenha sentido?

Na minha opinião, eu não tinha nada com isso, e foi o que lhe disse. Mas do outro lado da mesa ele já brandia o Cristo sob os meus olhos e gritava de maneira irracional:

— Eu sou cristão. Peço perdão pelos seus pecados a este aqui. Como pode não acreditar que Ele sofreu por você?

Reparei que estava me tratando por você, mas para mim bastava. O calor estava cada vez mais intenso. Como sempre, quando quero livrar-me de alguém que mal estou escutando, demonstrei um ar de aprovação. Para minha surpresa, disse, triunfal:

— Viu, viu? Não é verdade que você crê e que vai confiar-se a Ele?

É claro que mais uma vez eu disse não. Deixou-se cair na poltrona.

Tinha um ar muito cansado. Ficou calado por alguns momentos, enquanto a máquina de escrever, que não deixara de seguir o diálogo, prolongava ainda as últimas frases. Em seguida, olhou-me atentamente e com um pouco de tristeza. Murmurou:

— Nunca vi uma alma tão empedernida quanto a sua. Os criminosos que aqui estiveram diante de mim sempre choraram diante desta imagem da dor.

Ia responder que isso acontecia justamente porque se tratava de criminosos. Mas pensei que, afinal, eu também era como eles. Não conseguia habituar-me a essa ideia. O juiz levantou-se, então, como se quisesse me indicar que o interrogatório acabara. Perguntou-me apenas, com o mesmo ar um pouco cansado, se estava arrependido do meu ato. Refleti e disse que, mais do que verdadeiro arrependimento, sentia um certo tédio. Tive a impressão de que não me compreendia. Mas nesse dia as coisas não foram mais adiante.

Depois, tornei a ver o juiz de instrução várias vezes. Só que agora eu estava sempre acompanhado de meu advogado. Limitavam-se a pedir-me que precisasse certos pontos das minhas declarações anteriores. Ou, então, o juiz discutia as acusações com meu advogado. Mas na verdade não se ocupavam nunca de mim nessas ocasiões. Pouco a pouco, em todo caso, o tom dos interrogatórios mudou. Parecia que o juiz já não se interessava por mim e que de algum modo tinha decidido o meu caso. Não tornou a me falar de Deus e nunca voltei a vê-lo naquela excitação do primeiro dia. O resultado é que as nossas entrevistas se tornaram mais cordiais. Algumas perguntas, um pouco de conversa com meu advogado e os interrogatórios acabavam. Meu caso seguia o seu curso, segundo a própria expressão do juiz. Às vezes, quando a conversa era de ordem geral, eles também me deixavam participar. Começava a respirar. Ninguém era mau comigo nesses momentos. Tudo era tão natural, tão bem organizado e tão sobriamente representado que eu tinha a impressão ridícula de "fazer parte da família". E ao fim dos onze meses que durou a instrução do processo, posso dizer que chegava quase a me espantar por ter alguma vez gostado tanto de uma coisa quanto desses raros instantes em que o juiz me reconduzia à porta de seu gabinete, batendo-me no ombro e dizendo, com uma expressão cordial: "Por hoje, acabou, Sr. Anticristo." Entregavam-me então, novamente, nas mãos dos guardas.

2

Há coisas de que jamais gostei de falar. Quando fui para a prisão compreendi, depois de alguns dias, que não gostaria de falar dessa parte da minha vida.

Mais tarde, deixei de atribuir importância a essas repugnâncias. Na realidade, nos primeiros dias não estava verdadeiramente na prisão: esperava vagamente por algum acontecimento novo. Foi apenas depois da primeira e única visita de Marie que tudo começou. A partir do dia em que recebi sua carta (dizia que não a deixavam vir visitar-me porque não era minha mulher), a partir desse dia, senti que estava em casa na minha cela e que a vida parava aí. No dia da minha prisão, fecharam-me, inicialmente, num quarto onde já havia muitos detidos, árabes em sua maioria. Riram ao ver-me. Depois, perguntaram-me o que havia feito. Disse que tinha matado um árabe e ficaram todos em silêncio. Mas logo depois caiu a noite. Explicaram-me como devia arrumar a esteira onde iria dormir: enrolando uma das extremidades podia-se fazer dela um travesseiro. Durante toda a noite, os percevejos corriam-me pelo rosto. Alguns dias depois, isolaram-me numa cela onde me deitava num estrado de madeira. Dispunha de um vaso sanitário e uma bacia de ferro. A prisão ficava no alto da cidade e, por uma pequena janela, conseguia ver o mar. Foi num dia em que estava agarrado às grades, com o rosto voltado para a luz, que um guarda entrou dizendo-me que havia uma visita para mim. Pensei que era Marie. E de fato era ela.

Para chegar ao parlatório, atravessei um corredor comprido, depois umas escadas e por fim outro corredor. Entrei numa sala muito grande iluminada por uma ampla janela. A sala era dividida em três partes por dois gradeamentos que a cortavam no sentido do comprimento. Entre as duas grades havia um espaço de oito a dez metros, que separava os visitantes dos prisioneiros. Vi Marie diante de mim, com o seu vestido de listras e o rosto bronzeado. A meu lado havia uma dezena de presos, quase todos árabes. Marie estava cercada de mouros e entre duas visitantes: uma velhinha de lábios cerrados, vestida de preto, e uma mulher gorda, de cabelo solto, que falava muito alto e com muitos gestos. Devido à distância entre as grades, os visitantes e os presos eram obrigados a falar alto. Quando entrei, o barulho das vozes que ecoavam nas grandes paredes nuas da sala, a luz crua que deslizava do céu sobre as vidraças e se refletia na sala causaram-me uma espécie de atordoamento. Minha cela era mais calma e mais escura. Precisei de alguns segundos para me adaptar. Acabei, no entanto, por ver com nitidez cada rosto, destacado no dia claro. Observei que um guarda se mantinha sentado na extremidade do corredor, entre os dois gradeamentos. A maioria dos prisioneiros árabes, assim como as suas famílias, estava de cócoras, frente a frente. Estes não gritavam. Apesar do tumulto conseguiam entender-se falando em voz muito baixa. O seu murmúrio surdo, vindo mais de baixo, formava como que um baixo contínuo para as conversas que se entrecruzavam acima das suas cabeças. Observei tudo isto muito depressa, enquanto me encaminhava em direção a Marie. Já colada à grade, sorria-me com todas as forças que tinha. Achei-a muito bonita, mas não soube dizê-lo.

— Então? — disse-me ela, bem alto.

— Então, aqui estou.

— Você está bem, tem tudo de que precisa?

— Sim, tudo.

Calamo-nos e Marie continuava a sorrir. A mulher gorda berrava para o meu vizinho, sem dúvida seu marido, um sujeito alto e louro, de olhar franco. Era o prosseguimento de uma conversa já iniciada.

— Jeanne não quis ficar com ele — gritava ela a plenos pulmões.

— Sim, sim — dizia o homem.

— Disse-lhe que você iria buscá-lo quando saísse, mas ela não quis ficar com ele.

Marie gritou, por sua vez, que Raymond me mandava lembranças.

— Obrigado — falei, mas a minha voz foi abafada pela do meu vizinho, que perguntou "se ele ia bem". A mulher riu, respondendo "que nunca estivera tão bem".

O meu vizinho da esquerda, um rapazinho de mãos finas, nada dizia. Reparei que estava diante da velhinha e que os dois se olhavam intensamente. Mas não tive tempo de observá-los mais longamente, pois Marie me gritou que era preciso ter esperança.

— Sim — concordei.

Ao mesmo tempo, olhava-a e sentia vontade de apertar-lhe o ombro por cima do vestido. Tinha desejo por esse tecido delicado e, fora isso, não sabia muito bem em que havia de ter esperança. Mas era isso, sem dúvida, o que Marie queria dizer, pois continuava a sorrir. Via apenas o brilho dos seus dentes e as pequenas dobras de seus olhos. Voltou a gritar:

— Vai sair depressa e vamos nos casar!

— Você acha? — respondi, mas era sobretudo para dizer alguma coisa.

Ela disse então muito depressa, e sempre em voz muito alta, que sim, que eu seria absolvido e que nós ainda tomaríamos banhos de mar. Mas a outra mulher gritava do seu lado e dizia que deixara um cesto no registro de entrada. Enumerava tudo que colocara no cesto. Era preciso verificar, pois tudo aquilo custava muito caro. O meu outro vizinho e a mãe continuavam a se fitar. O murmúrio dos árabes prosseguia abaixo de nós. Lá fora, a luz parecia inchar de encontro à janela.

Sentia-me um pouco doente e gostaria de sair dali. O barulho me incomodava. Mas, por outro lado, queria aproveitar ainda a presença de Marie. Não sei quanto tempo se passou. Marie falou-me do seu trabalho e sorria sem parar. O murmúrio, os gritos, as conversas se cruzavam. A única ilha de silêncio estava ao meu lado, nesse rapazinho e nessa velha que se olhavam. Pouco a pouco, levaram os árabes. Logo que o primeiro saiu, quase todos se calaram. A velhinha aproximou-se das grades e ao mesmo tempo um guarda fez sinal ao seu filho.

— Até logo, mamãe — disse, e ela passou a mão por entre as grades para lhe fazer um pequeno sinal lento e prolongado.

Ela foi embora enquanto entrava um homem, de chapéu na mão, que lhe tomou o lugar. Introduziram um prisioneiro e eles começaram a falar animadamente, mas a meia-voz, porque a sala voltara a ficar silenciosa. Vieram buscar o meu vizinho da direita e a mulher lhe disse, sem baixar de tom, como se não houvesse notado que não era mais preciso gritar:

— Trate-se bem e tome cuidado.

Depois, chegou a minha vez. Marie atirou-me um beijo de longe. Voltei-me antes de sair. Estava imóvel.

O rosto esmagado contra a grade, com o mesmo sorriso forçado e crispado.

Foi pouco depois que ela me escreveu. E foi a partir desse momento que começaram as coisas de que jamais gostei de falar. De qualquer forma, não vale a pena exagerar, foi mais fácil para mim do que para outros. No início da minha detenção, no entanto, o mais difícil é que tinha pensamentos de homem livre. Por exemplo, desejo de estar numa praia e de correr para o mar. Ao imaginar o barulho das primeiras ondas sob as solas dos pés, a entrada do corpo na água e a libertação que encontrava nisso, sentia, de repente, até que ponto as paredes da prisão me cercavam. Mas isso durou alguns meses. Depois, só tinha pensamentos de prisioneiro. Aguardava o passeio diário no pátio ou a visita de meu advogado. Arranjava-me bem com o restante do meu tempo. Nessa época pensei muitas vezes que, se me obrigassem a viver dentro de um tronco seco de árvore, sem outra ocupação além de olhar a flor do céu acima da minha cabeça, eu teria me habituado aos poucos. Teria esperado a passagem dos pássaros ou os encontros entre as nuvens, tal como aqui esperava as estranhas gravatas do advogado e como, num outro mundo, esperava até sábado para estreitar nos meus braços o corpo de Marie. Ora, a verdade, afinal, é que eu não estava numa árvore seca. Havia pessoas mais infelizes do que eu. Era, aliás, uma ideia de mamãe, que a repetia com frequência: acabamos nos habituando a tudo.

Geralmente, eu não ia tão longe. Os primeiros meses foram difíceis. Mas, justamente, o esforço que fui obrigado a fazer ajudou-me a passá-los. Atormentava-me, por exemplo, o desejo por uma mulher. Era natural, eu era jovem. Nunca pensava especialmente em Marie. Mas pensava tanto numa mulher, nas mulheres, em todas as que tinha conhecido, em todas as circunstâncias em que as amara, que a cela se enchia de todos esses rostos e se povoava com meus desejos. De um lado, isso me desequilibrava. Mas, de outro lado, matava o tempo. Tinha acabado por conquistar a simpatia do guarda que, à hora das refeições, acompanhava o rapaz da cozinha. Foi ele o primeiro a me falar de mulheres. Disse que era a primeira coisa de que os outros se queixavam. Disse-lhe que eu era como os outros e achava injusto esse tratamento.

— Mas é precisamente para isso — disse ele — que os prendem.

— Como, para isso?

— Claro, a liberdade é isso mesmo. Vocês são privados da liberdade.

Nunca pensara nisso. Concordei:

— É verdade. Se não, onde estaria o castigo!

— Sim, vê-se que você compreende as coisas. Os outros, não. Mas acabam aliviando-se por conta própria.

Em seguida, o guarda foi embora.

Houve também o caso dos cigarros. Quando entrei para a prisão, tiraram-me o cinto, os cordões dos sapatos, a gravata e tudo o que trazia nos bolsos, especialmente os cigarros. Uma vez na cela, pedi que me fossem devolvidos. Responderam-me que era proibido. Os primeiros dias foram muito difíceis. Foi talvez isso o que mais me abateu. Chupava pedacinhos de madeira que arrancava das tábuas da cama. Uma náusea permanente acompanhava-me durante o dia inteiro. Não entendia por que me privavam de algo que não fazia mal a ninguém. Mais tarde, compreendi que isso também fazia parte da punição. Mas, a essa altura, já me habituara a não fumar e isso deixara de ser uma punição para mim.

A não ser por esses aborrecimentos, não me sentia muito infeliz. Todo o problema, ainda uma vez, estava em matar o tempo. Acabei por não me entediar mais, a partir do instante em que aprendi a recordar. Punha-me às vezes a pensar no meu quarto, e na imaginação partia de um canto e dava a volta ao quarto, enumerando mentalmente tudo o que encontrava pelo caminho. A princípio, isso durava pouco. Mas a cada vez que recomeçava era um pouco mais longo, pois lembrava-me de cada móvel e, para cada móvel, de cada objeto, de todos os detalhes e, para os próprios detalhes, de uma incrustação, de uma rachadura, de um bordo lascado, da cor que tinham, ou de sua textura. Tentava, ao mesmo tempo, não perder o fio desse inventário e fazer uma enumeração completa. De tal forma que ao fim de algumas semanas conseguia passar horas apenas enumerando o que se encontrava em meu quarto. Assim, quanto mais pensava, mais coisas desdenhadas e esquecidas ia tirando da memória. Compreendi, então, que um homem que houvesse vivido um único dia poderia sem dificuldade passar cem anos numa prisão. Teria recordações suficientes para não se entediar. De certo modo, isso era uma vantagem.

Havia também o sono. No começo, dormia mal de noite, e de dia, nunca. Pouco a pouco as noites melhoravam, e consegui também dormir de dia. Posso dizer que nos últimos meses dormia dezesseis a dezoito horas por dia. Restavam-me seis horas para matar com as refeições, as necessidades naturais, minhas recordações e a história do tcheco.

Entre o colchão de palha e o estrado da cama, eu encontrara, com efeito, um velho pedaço de jornal, amarelecido e transparente, quase colado ao tecido. Relatava um acontecimento cujo início faltava, mas que devia ter se passado na Tchecoslováquia. Um homem partira de uma aldeia tcheca para fazer fortuna. Ao fim de vinte e cinco anos, rico, regressou, casado e com um filho. Sua mãe mantinha, com a irmã dele, um hotel em sua aldeia natal. Para fazer-lhes uma surpresa, ele havia deixado a mulher e o filho em outro estabelecimento e fora visitar a mãe, que não o reconheceu quando ele entrou. Por brincadeira, teve a ideia de se instalar num quarto como hóspede. Tinha mostrado o seu dinheiro. De noite, a mãe e a irmã assassinaram-no a marteladas e atiraram o corpo no rio. Na manhã seguinte, a mulher foi ao hotel, e revelou, sem saber, a identidade do viajante. A mãe se enforcou. A irmã atirou-se num poço. Devo ter lido essa história milhares de vezes. Por um lado, era inverossímil. Por outro lado, era natural. De qualquer forma, achava que o viajante até certo ponto merecera o que aconteceu, e que nunca se deve brincar.

Assim, com as horas de sono, as recordações, a leitura da minha ocorrência policial e a alternância da luz e da sombra, o tempo passou. Tinha lido que na prisão se acaba perdendo a noção do tempo. Mas para mim isso não fazia muito sentido. Não compreendera ainda até que ponto os dias podiam ser, ao mesmo tempo, curtos e longos. Longos para viver, sem dúvida, mas de tal modo distendidos que acabavam por se sobrepor uns aos outros. E nisso perdiam o nome. As palavras ontem ou amanhã eram as únicas que conservavam um sentido para mim.

Quando, um dia, o guarda me disse que eu estava lá havia cinco meses, acreditei, mas não compreendi. Para mim era sempre o mesmo dia que se desenrolava na minha cela, e era sempre a mesma tarefa que eu perseguia sem cessar. Nesse dia, depois de o guarda ter saído, olhei-me na minha bacia de ferro. Pareceu-me que a minha imagem ficava séria, mesmo quando tentava sorrir para ela. Agitei-a diante de mim. Sorri e ela conservou o mesmo ar severo e triste. O dia acabava e era a hora de que não quero falar, a hora sem nome, em que os ruídos da noite subiam de todos os andares da prisão num cortejo de silêncio. Aproximei-me da claraboia e, à última luz, contemplei uma vez mais a minha imagem. Continuava séria, e o que há de espantoso nisso se, nesse instante, eu também estava sério? Mas ao mesmo tempo, e pela primeira vez nos últimos meses, ouvi distintamente o som da minha voz. Reconhecia-a como a que ressoava havia longos dias nos meus ouvidos e compreendi que durante esse tempo falara sozinho. Lembrei-me, então, do que dizia a enfermeira no enterro de mamãe. Não, não havia saída, e ninguém pode imaginar o que são as noites nas prisões.

3

No fundo, posso dizer que o verão depressa substituiu o verão. Sabia que com a chegada dos primeiros calores surgiria algo de novo para mim. Meu caso estava inscrito na última sessão do tribunal e esta sessão terminaria com o mês de junho. Os debates iniciaram-se num dia cheio de sol. Meu advogado assegurara-me de que não durariam mais do que dois ou três dias.

— Aliás — acrescentara —, o tribunal terá pressa, porque o seu caso não é o mais importante da sessão. Logo a seguir será julgado um parricida.

Vieram me buscar às sete e meia da manhã, e o carro-cela levou-me ao Palácio de Justiça. Os dois guardas me fizeram entrar numa sala pequena que cheirava a escuridão. Esperamos, sentados perto de uma porta atrás da qual se ouviam vozes, chamados, barulhos de cadeiras e todo um tumulto que me fez pensar nessas festas de bairro em que, depois do concerto, arruma-se a sala para poder dançar. Os guardas disseram-me que tínhamos de esperar pelos juízes e um deles me ofereceu um cigarro, que recusei. Perguntou-me pouco depois "se estava apavorado". Respondi que não. E em certo sentido chegava a me interessar em assistir a um julgamento. Nunca tivera essa oportunidade em toda a minha vida.

— Sim — disse o segundo guarda —, mas isso acaba cansando.

Pouco tempo depois, uma campainha soou na sala. Então tiraram minhas algemas. Abriram a porta e fizeram-me ir para o banco dos réus. A sala estava repleta. Apesar das persianas, o sol infiltrava-se aqui e ali e o ar já estava sufocante. Tinham deixado as vidraças fechadas. Sentei-me e os guardas colocaram-se cada um de um lado. Foi nesse momento que diante de mim distingui uma fila de rostos. Todos me olhavam: compreendi que eram os jurados. Mas não sou capaz de dizer o que os distinguia uns dos outros. Tive apenas uma impressão: eu estava diante do banco de um bonde e todos esses passageiros anônimos espiavam o recém-chegado para lhe observar o ridículo. Sei perfeitamente que era uma ideia tola, pois aqui não era o ridículo que eles procuravam, e sim o crime. No entanto, a diferença não é tão grande e, em todo caso, foi a ideia que me ocorreu.

Estava também um pouco atordoado com tanta gente nesse recinto fechado. Voltei a olhar para a sala do tribunal e não consegui distinguir nenhum rosto. Acho até que, no início, não me tinha dado conta de que toda essa gente estava aqui para me ver. Geralmente, ninguém se interessava pela minha pessoa. Foi preciso um esforço para compreender que era eu a causa de toda essa agitação.

— Quanta gente! — comentei com o guarda.

Respondeu-me que era por causa dos jornais e mostrou-me um grupo que se mantinha em volta de uma mesa, abaixo do banco dos jurados.

— Ei-los — disse-me ele.

— Quem? — perguntei.

— Os jornais — repetiu.

Ele conhecia um dos jornalistas que nesse momento o viu e que se dirigiu até nós. Era um homem já de certa idade, simpático, com um certo esgar no rosto. Apertou calorosamente a mão do guarda. Notei nesse instante que todo mundo se encontrava, se interpelava e conversava como num clube em que se fica feliz por estar com pessoas do mesmo ambiente. Foi assim que interpretei a estranha impressão de estar sobrando, um pouco como um intruso. No entanto, o jornalista dirigiu-se a mim sorrindo. Disse que esperava que tudo corresse bem para mim. Agradeci e ele acrescentou:

— Sabe, tivemos de aumentar um pouco o seu caso. O verão é uma época morta para os jornais. As únicas histórias que valiam alguma coisa eram a sua e a do parricida.

Mostrou-me em seguida, no grupo que acabara de deixar, um homenzinho que parecia uma doninha gorda, com grandes óculos de aros pretos. Disse-me que era o enviado especial de um jornal de Paris:

— Aliás, não veio por sua causa. Mas como está encarregado de fazer uma reportagem sobre o parricida, pediram-lhe que se ocupasse também do seu caso.

Estive quase para lhe agradecer. Mas pensei que seria ridículo. Fez um pequeno gesto cordial com a mão e nos deixou. Esperamos ainda alguns minutos.

Meu advogado chegou de beca, cercado de muitos outros colegas. Dirigiu-se aos jornalistas e apertou várias mãos. Gracejaram, riram e mostravam-se perfeitamente à vontade, até que a campainha soou no recinto. Todos voltaram aos seus lugares. Meu advogado encaminhou-se até mim, apertou-me a mão e aconselhou-me a responder com brevidade às perguntas que me fizessem, a não tomar iniciativas e a deixar o resto com ele.

À minha esquerda ouvi um barulho de uma cadeira arrastada e vi um homem alto e magro, vestido de vermelho, de monóculo, que se sentava dobrando cuidadosamente a toga. Era o promotor. Um oficial de justiça, anunciou a corte. Ao mesmo tempo, dois grandes ventiladores começaram a zumbir. Três juízes, dois de preto e o terceiro de vermelho, entraram com as pastas do processo e dirigiram-se rapidamente para a tribuna que dominava a sala. O homem da toga vermelha sentou-se na poltrona do meio, colocou o barrete à sua frente, enxugou o pequeno crânio calvo com um lenço e declarou aberta a sessão.

Os jornalistas já tinham as canetas na mão, mostravam todos o mesmo ar indiferente e um pouco malicioso. No entanto, um deles, muito mais jovem, com um terno de flanela cinzenta e uma gravata azul, deixara a caneta em cima da mesa e me encarava. No seu rosto um pouco assimétrico eu só via os olhos, muito claros, que me examinavam atentamente sem nada exprimir de definível. E tive a estranha impressão de estar sendo olhado por mim mesmo. Foi talvez por isso, e também porque não conhecia os costumes dos tribunais, que não compreendi muito bem o que aconteceu depois, o sorteio dos jurados, as perguntas feitas pelo presidente ao advogado, ao promotor e ao júri (a cada vez, todas as cabeças dos membros do júri voltavam-se ao mesmo tempo para os juízes), uma rápida leitura do auto de acusação, em que reconhecia nomes de lugares e de pessoas, e novas perguntas ao meu advogado.

Mas o presidente disse que ia proceder à chamada das testemunhas. O oficial leu nomes que me despertaram a atenção. Do seio desse público há pouco informe, vi que se levantavam, um a um, para em seguida desaparecerem por uma porta lateral, o diretor e o porteiro do asilo, o velho Thomas Pérez, Raymond, Masson, Salamano e Marie. Esta me fez um pequeno sinal ansioso. Ainda me surpreendia com o fato de não os ter visto antes, quando a última das testemunhas, Céleste, se levantou. Reconheci, a seu lado, a mulherzinha do restaurante, com o seu casaco e o seu ar preciso e decidido. Ela me olhava com intensidade. Mas não tive tempo de pensar, pois o presidente tomou a palavra. Disse que os verdadeiros debates iam começar e que julgava inútil recomendar calma ao público. Na sua opinião, estava lá para dirigir imparcialmente os debates de um caso que queria considerar com objetividade. A sentença proferida pelo júri seria tomada com espírito de justiça e, se fosse preciso, mandaria evacuar a sala ao menor incidente.

O calor aumentava e vi que na sala os assistentes se abanavam com jornais. Isso provocava um barulho contínuo de papel amassado. O presidente fez um sinal e o oficial trouxe três ventarolas de palha trançada que os três juízes começaram imediatamente a utilizar.

Meu interrogatório começou em seguida. O presidente interrogou-me com calma e até mesmo, pareceu-me, com um toque de cordialidade. Obrigaram-me outra vez a declinar minha identidade e, apesar da minha irritação, pensei que, no fundo, era bastante natural, pois seria muito grave julgar um homem em lugar de outro. Em seguida, o presidente recomeçou o relato do que eu tinha feito dirigindo-se a mim, de três em três frases, para perguntar: "Foi assim mesmo, não?" A cada vez, respondi "Sim, Sr. Presidente", conforme as instruções do meu advogado. Isso durou muito tempo, pois o presidente relatava a história com todos os pormenores. Durante todo esse tempo, os jornalistas escreviam. Eu sentia os olhares do mais jovem e da pequena mulher-autômato. O banco do bonde estava, todo ele, voltado para o presidente. Este tossiu, folheou os autos e voltou-se para mim, sem deixar de se abanar.

Disse-me que devia abordar agora questões aparentemente estranhas ao meu caso, mas que talvez o tocassem dc muito perto. Compreendi que ele ia falar novamente em mamãe e senti ao mesmo tempo até que ponto isso me entediava. Perguntou-me por que a mandara para o asilo. Respondi que era porque não tinha dinheiro para mantê-la comigo e cuidar dela. Perguntou-me se, pessoalmente, sofrera com o fato, e respondi que nem mamãe nem eu esperávamos mais nada um do outro, nem, aliás, de ninguém, e que nós dois nos havíamos habituado às nossas novas vidas. O presidente disse, então, que não queria insistir nesse ponto, e perguntou ao promotor se tinha alguma outra pergunta a fazer.

Este estava quase de costas para mim e, sem me olhar, declarou que, com a autorização do presidente, gostaria de saber se eu voltara sozinho à nascente com a intenção de matar o árabe.

— Não — respondi.

— Então, por que estava ele armado e por que voltar justamente àquele lugar? — Disse-lhe que fora por acaso. E o promotor concluiu, com uma entonação maldosa: — Por ora, é só.

Em seguida, tudo ficou um pouco confuso, pelo menos para mim. Mas, depois de alguns conciliábulos, o presidente declarou a audiência suspensa e adiada até a tarde para o depoimento das testemunhas.

Não tive tempo para pensar. Levaram-me, mandaram-me entrar no carro-cela e conduziram-me novamente à prisão, onde almocei. Ao fim de muito pouco tempo, apenas o bastante para que me desse conta de que estava cansado, vieram me buscar. Tudo recomeçou e me vi na mesma sala, diante dos mesmos rostos. Só o calor era muito mais forte, e como por milagre, cada um dos jurados, o promotor, meu advogado e alguns jornalistas estavam também munidos de abanos de palha. O jovem jornalista e a mulherzinha continuavam lá. Mas não se abanavam, e continuavam a fitar-me sem nada dizer.

Enxuguei o suor que me cobria o rosto e só tomei consciência do lugar e de mim mesmo quando ouvi chamar o diretor do asilo. Perguntaram-lhe se mamãe se queixava de mim e ele respondeu que sim, mas que todos os pensionistas tinham um pouco a mania de se queixar da família. O presidente disse-lhe para especificar se ela me censurava por tê-la colocado no asilo e o diretor respondeu novamente que sim. Mas dessa vez nada acrescentou. A uma outra pergunta, respondeu que a minha calma no dia do enterro o surpreendera. Perguntaram-lhe o que entendia por calma. O diretor olhou então para as pontas dos sapatos e disse que eu não quisera ver mamãe, que não chorara uma única vez e que partira logo depois do enterro, sem me recolher junto ao túmulo. Ainda outra coisa o surpreendera: um empregado da agência funerária lhe dissera que eu não sabia a idade de mamãe. Houve um momento de silêncio e o presidente perguntou-lhe se o que ele tinha falado era de fato sobre mim. Como o diretor não compreendia a pergunta, o presidente disse: "É a lei." Depois ele perguntou ao promotor se tinha mais alguma pergunta a fazer à testemunha:

— Ah, não, isso basta! — exclamou ele com uma tal veemência e um tal olhar de triunfo na minha direção que, pela primeira vez em muitos anos, tive uma vontade tola de chorar, porque senti até que ponto era detestado por toda aquela gente.

Depois de ter perguntado ao júri e ao meu advogado se tinham perguntas a fazer, o presidente ouviu o porteiro. Para este, como para todos os outros, repetiu-se o mesmo cerimonial. Ao chegar, o porteiro olhou-me e depois desviou o olhar. Respondeu às perguntas que lhe dirigiam. Disse que eu não tinha querido ver mamãe, que tinha fumado, que tinha dormido e que tinha tomado café com leite. Senti, então, alguma coisa que agitava toda a sala e compreendi, pela primeira vez, que era culpado. Fizeram o porteiro repetir a história do café com leite e a do cigarro. O promotor olhou-me com brilho irônico nos olhos. Nesse momento, meu advogado perguntou ao porteiro se não tinha fumado comigo. Mas o promotor objetou violentamente contra essa pergunta:

— Quem é o criminoso, e que métodos são estes, que consistem em macular as testemunhas de acusação para minimizar depoimentos que nem por isso continuam menos esmagadores!

Apesar de tudo, o presidente pediu ao porteiro para responder à pergunta. O velho disse com um ar constrangido:

— Bem sei que errei. Mas não ousei recusar o cigarro que ele me ofereceu.

Por último, perguntaram-me se tinha algo a acrescentar.

— Nada — respondi —, a não ser que a testemunha tem razão. É verdade que lhe ofereci um cigarro.

O porteiro olhou-me com um pouco de espanto e uma espécie de gratidão. Hesitou e em seguida disse que fora ele quem me oferecera o café com leite. Meu advogado triunfou ruidosamente e declarou que os jurados saberiam formar a sua opinião. Mas o promotor esbravejou acima de nossas cabeças:

— Sim, os senhores jurados saberão formar a sua opinião. E concluirão que um estranho podia oferecer café, mas que um filho devia recusá-lo diante do corpo daquela que o dera à luz.

O porteiro voltou para o seu banco.

Quando chegou a vez de Thomas Pérez, foi preciso que o oficial o amparasse até a tribuna das testemunhas. Pérez disse que conhecera, sobretudo, a minha mãe, e que só me vira uma vez, no dia do enterro. Perguntaram-lhe o que eu fizera nesse dia e ele respondeu:

— Não sei se compreendem, mas eu mesmo estava sofrendo muito. Por isso, nada vi. Era o sofrimento que me impedia de ver. Porque para mim era um enorme sofrimento. Cheguei mesmo a desmaiar. Portanto, não consegui ver esse senhor.

O promotor perguntou-lhe se, ao menos, me vira chorar. Pérez respondeu que não. O promotor disse, então, por sua vez:

— Os senhores jurados saberão formar a sua opinião.

Mas o meu advogado se irritou. Perguntou a Pérez, num tom que me pareceu exagerado, se "tinha visto que eu não chorei".

— Não — respondeu Pérez.

O público riu. E o meu advogado, arregaçando uma das mangas, disse, num tom peremptório:

— Eis a imagem deste processo. Tudo é verdade e nada é verdade.

O promotor conservava a fisionomia fechada e rabiscava com um lápis os dossiês que tinha à sua frente.

Após cinco minutos de suspensão, durante os quais meu advogado me disse que tudo corria bem, foi ouvido Céleste, arrolado pela defesa. A defesa era eu. De vez em quando, Céleste lançava uns olhares na minha direção e rodava o chapéu-panamá nas mãos. Estava com o terno novo que usava aos domingos, quando ia comigo às corridas de cavalos. Mas acho que não conseguira pôr o colarinho, pois apenas um botão de metal mantinha a camisa fechada. Perguntaram-lhe se eu era seu cliente e ele respondeu:

— Sim, mas era também um amigo.

Sobre o que pensava de mim, ele respondeu que eu era um homem; sobre o que queria dizer com isso, ele declarou que todo mundo sabia o que isso queria dizer; se reparara que eu era fechado, e ele reconheceu apenas que eu não falava por falar. O promotor perguntou-lhe se eu pagava regularmente as minhas despesas. Céleste riu, e declarou:

— Isso é assunto nosso.

Perguntaram-lhe, ainda, o que pensava do meu crime. Pôs então as duas mãos na barra e via-se que preparara alguma coisa. Disse:

— Para mim, é uma desgraça. Uma desgraça todo mundo sabe o que é. Isso deixa qualquer um sem defesa. Pois bem, na minha opinião, é uma desgraça. — Ia continuar, mas o presidente disse que estava bem, e que muito lhe agradecia.

Então Céleste ficou um pouco atrapalhado. Mas declarou que queria falar ainda. Pediram-lhe que fosse breve. Voltou a repetir que era uma desgraça.

— Está bem, já entendemos. Mas nós estamos aqui justamente para julgar as desgraças desse gênero. Muito obrigado — disse o presidente.

Como se tivesse chegado ao fim da sua sabedoria e da sua boa vontade, Céleste voltou-se então para mim. Parecia-me que tinha os olhos brilhantes e os lábios trêmulos. Dava a impressão de querer perguntar-me o que poderia ainda fazer. Quanto a mim, nada disse, não esbocei gesto algum, mas foi a primeira vez na minha vida que tive vontade de beijar um homem. O presidente ordenou-lhe que deixasse a tribuna. Céleste foi sentar-se na sala. Durante todo o resto da audiência ficou lá, um pouco inclinado para a frente, os cotovelos nos joelhos, o panamá nas mãos, escutando tudo o que se dizia. Marie entrou. Pusera um chapéu e estava ainda muito bonita. Mas eu gostava mais dela de cabelos soltos. Do lugar onde estava, eu adivinhava o peso leve dos seus seios e reconhecia o lábio inferior, sempre um pouco inchado. Parecia muito nervosa. Perguntaram-lhe logo havia quanto tempo me conhecia. Indicou a época em que trabalhava conosco no escritório. O presidente quis saber quais as suas relações comigo. Disse que era minha amiga. A uma outra pergunta, respondeu que era verdade, que ia se casar comigo. O promotor, que folheava os autos, perguntou-lhe bruscamente quando começara a nossa ligação. Marie citou a data. O promotor observou, com um ar indiferente, que lhe parecia ser o dia seguinte à morte de mamãe. Depois, disse com certa ironia que não queria insistir numa situação delicada, que compreendia perfeitamente os escrúpulos de Marie, mas (e aqui o tom da sua voz endureceu) que seu dever o obrigava a sobrepor-se às convenções. Pediu-lhe, portanto, para resumir os fatos ocorridos no dia em que a conhecera. Marie não queria falar, mas, diante da insistência do promotor, contou sobre o nosso banho de mar, a nossa ida ao cinema e a volta para a minha casa. O promotor disse que, em decorrência das declarações de Marie durante a instrução do processo, consultara a programação dessa data. Acrescentou que a própria Marie diria qual filme estava passando então. Com uma voz quase apagada, Marie indicou que era um filme de Fernandel. Quando ela acabou, o silêncio na sala era absoluto. O promotor levantou-se então muito sério, e com uma voz que me pareceu autenticamente comovida, com o dedo apontado para mim, articulou lentamente:

— Senhores jurados, no dia seguinte à morte de sua mãe, este homem tomava banho de mar, iniciava um relacionamento informal e ia rir diante de um filme cômico. Nada mais tenho a lhes dizer.

Sentou-se, em meio ao silêncio geral. Mas, de repente, Marie irrompeu em soluços, dizendo que não era nada disso, que a coisa era diferente, que a obrigavam a afirmar o contrário do que pensava, que me conhecia muito bem e que eu nada tinha feito de errado. Mas, a um sinal do presidente, o oficial levou-a e a sessão prosseguiu.

Depois disto, mal ouviram Masson declarar que eu era "um homem de bem e, diria mais, uma excelente pessoa". Também mal escutaram Salamano quando recordou que eu fora bom para o seu cão e quando respondeu a uma pergunta sobre a minha mãe e sobre mim, dizendo que eu a colocara no asilo porque já não tinha mais nada a dizer-lhe e que a tinha internado no asilo por essa razão.

— É preciso compreender — dizia Salamano —, é preciso compreender.

Mas ninguém parecia compreender. Levaram-no.

Depois, chegou a vez de Raymond, que era a última testemunha. Raymond me fez um pequeno sinal e afirmou logo que eu era inocente. Mas o presidente declarou que não lhe pediam apreciações, e sim fatos. Convidou-o a aguardar as perguntas para depois responder. Pediram-lhe que especificasse as suas relações com a vítima. Raymond aproveitou para esclarecer que era a ele que o árabe odiava, desde que esbofeteara sua irmã. O presidente perguntou, no entanto, se a vítima não tinha alguma razão para me odiar. Raymond disse que a minha presença na praia era resultado do acaso. O promotor perguntou-lhe então por que a carta que dera origem ao drama fora escrita por mim. Raymond respondeu que foi um acaso. O promotor retorquiu que o acaso já estava com a consciência muito pesada nessa história toda. Quis saber se fora por acaso que eu não interviera quando Raymond esbofeteara a amante, por acaso que servira de testemunha na delegacia, por acaso ainda que as minhas declarações na ocasião desse depoimento se tinham revelado pura complacência. Para encerrar, perguntou a Raymond quais os seus meios de subsistência e, como este respondesse "comerciante", o promotor declarou aos jurados ser notório que a testemunha exercia a profissão de proxeneta. Eu era seu cúmplice e amigo. Tratava-se de um drama crapuloso da pior espécie, agravado pelo fato de estar-se em presença de um monstro moral. Raymond quis defender-se e o meu advogado protestou, mas disseram-lhe que era preciso deixar o promotor terminar. Este disse:

— Pouco tenho a acrescentar. Ele era seu amigo? — perguntou a Raymond.

— Sim — respondeu —, era meu amigo.

O promotor me fez então a mesma pergunta e eu olhei para Raymond, que não desviou os olhos.

— Sim — respondi.

O promotor voltou-se então para o júri e declarou:

— O mesmo homem que no dia seguinte à morte da mãe se entregava à mais vergonhosa devassidão matou por motivos fúteis e para liquidar um escândalo moral inqualificável.

Em seguida, sentou-se. Mas o meu advogado, já sem paciência, gritou, levantando os braços de tal forma que as mangas, ao caírem para trás, descobriram as pregas de uma camisa engomada:

— Afinal, ele é acusado de ter enterrado a mãe ou de matar um homem?

O público riu. Mas o promotor endireitou-se outra vez, ajustou a beca e declarou que era preciso ter a ingenuidade do ilustre defensor para não sentir que entre as duas ordens de fatos havia uma relação profunda, patética, essencial.

— Sim — exclamou com veemência —, acuso este homem de ter enterrado a mãe com um coração de criminoso.

Essa declaração parece ter tido um efeito considerável sobre o público. Meu advogado deu de ombros e limpou o suor que lhe cobria a testa. Mas ele próprio parecia abalado e compreendi nessa altura que as coisas não iam muito bem para mim.

A sessão foi suspensa. Ao sair do Palácio de Justiça para entrar no carro, reconheci por um instante o cheiro e a cor da tarde de verão. Na escuridão de minha prisão móvel reencontrei, um a um, no fundo do meu cansaço, todos os ruídos familiares de uma cidade que eu amava e de uma certa hora em que me ocorria ficar contente. O pregão dos vendedores de jornais no ar já distendido, os últimos pássaros na praça, o grito dos vendedores de sanduíches, o lamento dos bondes nas pronunciadas curvas da cidade e este rumor do céu antes de a noite descer sobre o porto, tudo isso recompunha para mim um itinerário de cego, que eu conhecia bem antes de ir para a prisão. Sim, era a hora em que, havia muito, muito tempo, eu me sentia contente. O que me aguardava então era sempre um sono leve e sem sonhos. E no entanto alguma coisa mudara, pois, com a expectativa do dia seguinte, foi a minha cela que reencontrei. Como se os caminhos familiares traçados nos céus de verão pudessem conduzir tanto às prisões quanto ao sono inocente.

4

Mesmo no banco dos réus, é sempre interessante ouvir falar de si mesmo. Durante as perorações do promotor e do meu advogado, posso dizer que se falou muito de mim, e talvez até mais de mim do que do meu crime. Eram, aliás, tão diferentes essas perorações? O advogado levantava os braços e admitia a culpa, mas com atenuantes. O promotor estendia as mãos e denunciava a culpabilidade, mas sem atenuantes. No entanto, uma coisa me incomodava vagamente. Apesar das minhas preocupações, às vezes eu ficava tentado a intervir e meu advogado me dizia, então: "Cale-se, é melhor para o seu caso." De algum modo, pareciam tratar desse caso à margem de mim. Tudo se desenrolava sem a minha intervenção. Acertavam o meu destino sem me pedir uma opinião. De vez em quando tinha vontade de interromper todo mundo e dizer: "Mas, afinal, quem é o acusado? É importante ser o acusado. E tenho algo a dizer." Mas, pensando bem, nada tinha a dizer. Devo reconhecer, aliás, que o interesse que se tem em ocupar as pessoas não dura muito tempo. Por exemplo, o discurso do promotor me cansou logo. Apenas me impressionaram ou despertaram meu interesse alguns fragmentos, gestos ou tiradas inteiras, mas desvinculadas do conjunto.

A essência do seu pensamento, se compreendi bem, é que eu premeditara o crime. Pelo menos foi isso que tentou demonstrar. Como ele próprio dizia:

— Provarei o que digo, senhores, e eu o farei duplamente. À luz ofuscante dos fatos, em primeiro lugar, e em seguida sob a iluminação sombria que me será fornecida pela psicologia dessa alma criminosa.

Resumiu os fatos a partir da morte de mamãe. Relembrou minha insensibilidade, o meu desconhecimento da idade dela, o meu banho de mar do dia seguinte, com uma mulher, o cinema, Fernandel, e por fim a volta com Marie. Levei tempo para compreender nesse momento, porque ele dizia "sua amante", e para mim ela era Marie. Chegou em seguida à história de Raymond. Achei que à sua maneira de ver os acontecimentos não faltava clareza. O que dizia era plausível. Eu tinha combinado com Raymond escrever a carta para atrair sua amante e entregá-la aos maus-tratos de um homem "de moral duvidosa". Eu tinha provocado na praia os adversários de Raymond. Este tinha sido ferido. Eu tinha lhe pedido o revólver. Tinha voltado sozinho para usá-lo, tinha abatido o árabe como planejado. Tinha disparado uma vez. Tinha esperado. E "para ter certeza de que o trabalho tinha sido bem feito", tinha atirado mais quatro balas, calmamente, com firmeza, de uma forma de certo modo pensada.

— E aqui está, meus senhores — disse o promotor. — Acabo de descrever diante dos senhores a série de acontecimentos que levou este homem a matar com pleno conhecimento de causa. Insisto nisso — disse ele. — Pois não se trata de um crime comum, de um ato impensado que os senhores poderiam estimar atenuado pelas circunstâncias. Este homem, senhores, este homem é inteligente. Ouviram-no falar, não é verdade? Sabe responder. Conhece o valor das palavras. E não se pode dizer que tenha agido sem se dar conta do que estava fazendo.

Eu ouvia e entendia que me consideravam inteligente. Mas não compreendia bem por qual motivo as qualidades de um homem comum podiam tornar-se acusações esmagadoras contra um culpado. Era isso pelo menos o que me impressionava, e deixei de ouvir o promotor até o momento em que ele disse:

— Chegou a mostrar remorsos? Nunca, senhores. Nem uma só vez no decurso do sumário de culpa este homem pareceu abalar-se com seu crime abominável.

Nesse momento, voltou-se para mim e apontou-me com o dedo, continuando a fulminar-me sem que, na realidade, eu compreendesse muito bem por quê. Não posso deixar de reconhecer, sem dúvida, que ele tinha razão. Não me arrependia muito do meu ato. Mas a sua obstinação espantava-me. Gostaria de tentar explicar-lhe cordialmente, quase com afeição, que nunca conseguira arrepender-me verdadeiramente de nada. Estava sempre dominado pelo que ia acontecer, por hoje ou por amanhã. Mas, naturalmente, no estado a que me haviam levado, não podia falar a ninguém nesse tom. Não tinha o direito de me mostrar afetuoso, de ter boa vontade. E tentei continuar a escutar, pois o promotor começou a falar da minha alma.

Dizia que tinha se debruçado sobre ela e que nada tinha encontrado, senhores jurados. Dizia que, na verdade, eu não tinha alma e que nada de humano, nem um único dos princípios morais que protegem o coração dos homens me era acessível.

— Não poderíamos, sem dúvida, censurar-lhe uma coisa dessas — acrescentou. — O que ele não teria possibilidades de adquirir, não podemos queixar-nos de que lhe falte. Mas, no que se refere a este tribunal, a virtude negativa da tolerância deve transformar-se na virtude menos fácil, mas mais elevada, da justiça. Sobretudo quando o vazio de um coração, assim como o que descobrimos neste homem, se torna um abismo onde a sociedade pode sucumbir.

Foi entao que começou a falar da minha atitude em relação a mamãe. Repetiu o que já dissera durante os debates. Mas falou muito mais longamente nisso do que a respeito do meu crime. Tão longamente que por fim passei a sentir apenas o calor daquela manhã. Até o instante, pelo menos, em que o promotor se deteve e, depois de um momento de silêncio, recomeçou, numa voz baixa e compenetrada:

— Este mesmo tribunal, meus senhores, vai julgar amanhã o mais abominável dos crimes: o assassínio do próprio pai.

Na opinião dele, a imaginação recuava diante desse atentado atroz. Ousava esperar que a justiça dos homens saberia castigar sem fraquejar. Mas não receava afirmar que o horror que esse crime lhe inspirava quase cedia diante da minha insensibilidade. Ainda na opinião dele, um homem que matava moralmente a mãe se afastava da sociedade dos homens, exatamente como o que levantava a mão criminosa contra o autor dos seus dias. Em todos os casos, o primeiro preparava os atos do segundo, anunciava-os, de certa forma, e legitimava-os.

— Estou convencido, meus senhores — acrescentou, elevando a voz —, de que não acharão o meu pensamento excessivamente audacioso se lhes disser que o homem que está sentado naquele banco é também culpado do crime que o tribunal vai julgar amanhã. E como tal deverá ser castigado.

Nesse ponto o promotor enxugou o rosto brilhante de suor. Disse, por fim, que o seu dever era doloroso, mas que o cumpriria com firmeza. Declarou que eu nada tinha a fazer numa sociedade cujas regras mais essenciais desconhecia e que eu não podia apelar para o coração dos homens, cujas reações elementares ignorava.

— Peço-vos a cabeça deste homem — disse — e é com coração leve que vos dirijo esse pedido. Pois, se no decorrer da minha longa carreira tem-me acontecido pedir a pena capital, nunca como hoje eu senti esse penoso dever tão compensado, equilibrado, iluminado pela consciência de um mandamento sagrado e imperativo, e pelo horror que sinto diante de um rosto humano no qual nada leio que não seja monstruoso.

Quando o promotor se sentou, houve um silêncio bastante longo. Quanto a mim, estava atordoado pelo calor e pela perplexidade. O presidente tossiu um pouco e, em tom muito baixo, perguntou se eu tinha algo a acrescentar. Levantei-me e, como estava com vontade de falar, disse, aliás um pouco ao acaso, que não tinha tido intenção de matar o árabe. O presidente respondeu que isso era uma afirmação, que até então não tinha entendido muito bem o meu sistema de defesa e que gostaria, antes de ouvir o meu advogado, que eu especificasse os motivos que inspiraram o meu ato. Disse rapidamente, misturando um pouco as palavras e consciente do ridículo, que fora por causa do sol. Houve risos na sala. Meu advogado encolheu os ombros e logo a seguir deram-lhe a palavra. Mas ele declarou que era tarde, que precisava de muito tempo e que pedia o adiamento até depois do almoço. O tribunal concordou.

À tarde, os grandes ventiladores continuavam a revolver a atmosfera espessa da sala, e os pequenos abanos multicoloridos dos jurados agitavam-se todos na mesma direção. A defesa do meu advogado me parecia não ter fim. Em dado momento, no entanto, eu o escutei porque dizia: “É verdade que matei.” Depois, prosseguiu no mesmo tom, dizendo “eu” a cada vez que falava de mim. Eu estava muito admirado. Inclinei-me na direção de um dos policiais e perguntei-lhe por quê. Mandou que me calasse e, instantes depois, acrescentou:

— Todos os advogados fazem isso.

A mim parecia-me que isso era afastar-me ainda mais do caso, reduzir-me a zero e, de certa forma, substituir-se a mim. Mas acho que eu já estava muito longe dessa sala de audiência. Além disso, meu advogado pareceu-me ridículo. Depois de ter rapidamente falado em provocação, falou também de minha alma. Mas achei que tinha muito menos talento do que o promotor.

— Também eu — afirmou — debrucei-me sobre esta alma, mas, ao contrário do eminente representante do Ministério Público, encontrei alguma coisa e posso dizer que li nele como num livro aberto.

Lera que eu era um bom homem, um trabalhador metódico, incansável, fiel à casa que o empregava, amado por todos, compadecido das misérias dos outros. Para ele, eu era um filho modelo, que tinha sustentado a mãe enquanto pôde. Finalmente, eu esperei que uma casa de repouso desse à velha senhora o conforto que os meus meios não permitiam lhe oferecer.

— Muito me surpreende — acrescentou — que tenham feito tanto barulho por causa desse asilo. Porque, afinal, se fosse preciso dar uma prova da utilidade e da grandeza dessas instituições, teríamos de acentuar que é o próprio Estado que as subvenciona.

Não falou, porém, no enterro, e eu senti que essa era uma lacuna da defesa. Mas, por causa de todas essas longas frases, de todos esses dias e horas intermináveis durante os quais se falara da minha alma, tive a impressão de que tudo se transformava numa água incolor que me causava vertigens.

No fim, lembro-me apenas de que, na rua e através de todo o espaço das salas e das tribunas, enquanto meu advogado continuava a falar, eu ouvi o ecoar da buzina do vendedor de sorvetes. Assaltaram-me as lembranças de uma vida que já não me pertencia, mas onde encontrara as mais pobres e as mais tenazes das minhas alegrias: cheiros de verão, o bairro que eu amava, um certo céu de entardecer, o riso e os vestidos de Marie. Tudo quanto eu fazia de inútil nesse lugar subiu-me então à garganta e só tive uma pressa: acabar com isso e voltar à minha cela para dormir. Mal ouvi o advogado clamar, para concluir, que os jurados não gostariam certamente de condenar à morte um trabalhador honesto, perdido por um minuto de desvario, e pedir as circunstâncias atenuantes para um crime cujo remorso eterno, o mais seguro dos castigos, eu já arrastava comigo. O tribunal suspendeu a sessão e o advogado sentou-se com um ar esgotado. Mas seus colegas foram cumprimentá-lo. Ouvi: "Esplêndido, meu caro." Um deles chegou até a pedir meu testemunho. Concordei, mas meu elogio não era sincero, porque estava cansado demais.

No entanto, a hora declinava lá fora e o calor já era menos forte. De alguns barulhos da rua que eu ouvia, adivinhava a calma do fim de tarde. Estávamos ali, todos, esperando. E o que esperávamos, todos juntos, só dizia respeito a mim. Voltei a olhar para a sala. Tudo estava do mesmo jeito do primeiro dia. Encontrei o olhar do jornalista de paletó cinza e da mulher-autômato. Isso me fez lembrar que durante todo o processo não tinha procurado uma única vez Marie com o olhar. Não a tinha esquecido, mas tinha estado muito ocupado. Eu a vi entre Céleste e Raymond. Fez-me um pequeno sinal, como se dissesse "enfim", e vi sorrir seu rosto um pouco ansioso. Mas sentia o coração fechado e nem sequer fui capaz de corresponder a seu sorriso.

Os juízes regressaram. Leram para os jurados, muito depressa, uma série de quesitos. Ouvi "culpado de crime"... "premeditação"... "circunstâncias atenuantes...". Os jurados saíram e fui levado para a saleta onde já ficara aguardando. Meu advogado juntou-se a mim: estava muito eloquente e falou-me com mais confiança e mais cordialidade do que nunca. Achava que tudo correria bem e que eu sairia com alguns anos de prisão ou de trabalhos forçados. Perguntei-lhe se havia probabilidades de derrogação, no caso de uma sentença desfavorável. Respondeu que não. A tática que seguira fora a de não indispor o júri. Explicou-me que não se anula um julgamento sem mais nem menos, por nada. Isso pareceu-me evidente, e rendi-me às suas razões. Considerando friamente a coisa, era perfeitamente natural. Caso contrário, haveria uma sobrecarga de papeladas inúteis.

— De qualquer forma — disse-me o meu advogado —, pode-se recorrer. Mas estou convencido de que o desfecho será favorável.

Esperamos muito tempo, acho que bem uns quarenta e cinco minutos. Por fim, soou uma campainha. Meu advogado deixou-me, dizendo:

— O presidente do júri vai ler as respostas. Só o mandarão entrar quando a sentença for pronunciada.

Portas bateram. Pessoas corriam pelas escadas, não sei se longe ou se perto de onde eu estava. Depois, ouvi uma voz surda ler qualquer coisa na sala. Quando a campainha soou novamente e a porta se abriu, foi o silêncio da sala que chegou até mim, o silêncio e aquela sensação singular que experimentei ao constatar que o jovem jornalista tinha desviado o olhar. Não olhei para o lado de Marie. Aliás, não tive tempo, pois o presidente me disse de um modo estranho que me cortariam a cabeça numa praça pública em nome do povo francês. Pareceu-me então reconhecer o sentimento que lia em todos os semblantes. Acho que era consideração. Os guardas mostravam-se muito amáveis comigo. O advogado colocou a mão sobre o meu pulso. Eu já não conseguia pensar. Mas o presidente perguntou se eu não tinha algo a declarar. Refleti. Disse: "Não." Foi então que me levaram.

5

Pela terceira vez recusei-me a receber o capelão. Nada tenho a dizer-lhe, não tenho vontade de falar; de qualquer forma, irei vê-lo muito em breve. O que me interessa neste momento é fugir à engrenagem, saber se o inevitável pode ter uma saída. Mudei de cela. Desta, quando estou deitado, vejo o céu, apenas o céu. Passo todos os meus dias olhando na sua imagem o declínio das cores que conduz o dia à noite. Deitado, ponho as mãos debaixo da cabeça e espero. Já não sei quantas vezes perguntei a mim mesmo se havia exemplos de condenados à morte que tivessem escapado ao mecanismo implacável, desaparecido antes da execução, rompido o cordão de policiais.

Censurava-me, então, por não ter prestado bastante atenção às histórias de execuções. Devíamos interessar-nos sempre por essas questões. Nunca se sabe o que pode acontecer. Lera, como todo mundo, reportagens nos jornais. Mas havia, com certeza, obras especiais, que nunca tivera a curiosidade de consultar. Talvez aí eu pudesse ter encontrado relatos de fugas. Poderia ter descoberto que pelo menos em um caso a roda se detivera, que nessa irresistível premeditação o acaso e a sorte, por uma única vez, tivessem mudado alguma coisa. Uma única vez! De certa forma, creio que isto me bastaria. Meu coração faria o resto. Os jornais falavam sempre numa dívida para com a sociedade. Segundo eles, era preciso pagá-la. Mas isto nada tem a ver com a imaginação. O que contava era uma possibilidade de fuga, um salto para fora do rito implacável, uma louca corrida que oferecesse todas as oportunidades de esperança. Esperança, é claro, era ser abatido numa esquina, em plena corrida, por uma bala perdida. Mas, pensando bem, nada me permitia esse luxo, tudo o interditava, a engrenagem me retomava.

Apesar da minha boa vontade, eu não conseguia aceitar essa certeza insolente. Porque, afinal, existia uma ridícula desproporção entre o julgamento que a fundamentara e o seu imperturbável desenrolar a partir do instante em que esse julgamento fora pronunciado. O fato de a sentença ter sido lida não às cinco da tarde mas às oito horas da noite, o fato de que poderia ter sido outra, completamente diferente, de que fora determinada por homens que trocam de roupa, que fora dada em nome de uma noção tão imprecisa quanto o povo francês (ou alemão, ou chinês), tudo isso me parecia tirar muito da seriedade dessa decisão. Era entretanto obrigado a reconhecer que, a partir do instante em que fora decidida, os seus efeitos se tornavam tão certos, tão sérios quanto a presença dessa parede ao longo da qual eu esmagava meu corpo.

Lembrei-me nesses momentos de uma história que mamãe me contava a respeito de meu pai. Eu não cheguei a conhecê-lo. Tudo o que sabia de preciso sobre esse homem era talvez o que mamãe me dizia então: ele tinha ido assistir à execução de um assassino. Adoeceu só de pensar em ir. Entretanto, ele foi, e na volta vomitara durante quase toda a manhã. Na época, meu pai me causava certa aversão. Agora, porém, eu compreendia, era tão natural. Como não tinha percebido que nada havia de mais importante do que uma execução capital, e que enfim era a única coisa verdadeiramente interessante para um homem! Se algum dia saísse dessa prisão, iria assistir a todas as execuções capitais. Fazia mal, creio, em pensar nessa possibilidade. Porque à simples ideia de me ver livre uma dessas manhãs, atrás de um cordão de polícia, de me ver de alguma forma do outro lado; à ideia de ser o espectador que veio ver e que poderá vomitar depois, uma onda de alegria envenenada me aflorava ao coração. Mas não era razoável. Não tinha razão em me entregar a essas suposições porque, instantes depois, sentia um frio tão terrível que me encolhia debaixo do cobertor. Batia os dentes sem conseguir controlar-me.

Mas, evidentemente, não se pode ser sempre razoável. Em outras ocasiões, por exemplo, eu fazia projetos de lei. Reformava as penalidades. Observava que o essencial era dar ao condenado uma oportunidade. Uma só oportunidade em mil — isso bastaria para resolver muita coisa. Parecia-me, assim, que era possível encontrar uma composição química cuja absorção mataria o paciente (eu pensava: o paciente) nove vezes em dez. Este estaria a par de tal possibilidade, era essa a condição. Sim, porque, pensando bem, ao ponderar as coisas com calma, eu constatava que o defeito da guilhotina era não haver nenhuma chance, absolutamente nenhuma. A morte do paciente, em suma, estava decidida de uma vez por todas. Era um caso encerrado, um acerto preestabelecido, um acordo selado e em relação ao qual não se podia voltar atrás. Se, excepcionalmente, o golpe falhasse, recomeçava-se. Consequentemente, o que havia de aborrecido é que era preciso que o condenado desejasse o bom funcionamento da máquina. Digo que esse é o lado defeituoso da coisa. Isso é verdade, em certo sentido. Mas, por outro lado, via-me obrigado a reconhecer que nisso residia todo o segredo de uma boa organização. Em resumo: o condenado era obrigado a colaborar moralmente. Era de seu interesse que tudo corresse sem contratempos.

Também era obrigado a constatar que, até aqui, tinha tido sobre todos esses problemas ideias que não eram certas. Julguei durante muito tempo — e não sei por quê — que para ir à guilhotina era preciso subir num cadafalso, escalar degraus. Creio que era por causa da Revolução de 1789, quer dizer, por causa de tudo quanto me ensinaram ou me mostraram sobre o assunto. Mas, certa manhã, lembrei-me de uma fotografia publicada pelos jornais na época de uma execução retumbante. Na realidade, a máquina estava colocada no chão, da forma mais simples do mundo. Era muito mais estreita do que eu pensava. É engraçado que não me tivesse dado conta disso há mais tempo. Nessa fotografia, a máquina impressionara-me como uma obra de precisão, acabada e reluzente. Exageramos sempre as coisas que não conhecemos. Eu devia constatar, ao contrário, que era tudo muito simples: a máquina fica no mesmo nível do homem que para ela se dirige. Ele vai ao seu encontro como se caminha ao encontro de uma pessoa. Também isso era desagradável. A imaginação poderia agarrar-se à subida ao cadafalso, à ascensão para o céu. Ao passo que, ainda uma vez, a engrenagem tudo esmagava: era-se morto discretamente, com um pouco de vergonha e muita precisão.

Havia também duas coisas que nunca me saíam da cabeça: a aurora e o recurso contra minha sentença. Não deixava no entanto de discutir comigo mesmo e tentava não pensar mais nisso. Estendia-me, olhava o céu, fazia um esforço para interessar-me por ele. O céu tornava-se verde, era noite. Voltava a me esforçar para mudar o rumo dos meus pensamentos. Escutava o meu coração. Não conseguia imaginar que esse barulho que me acompanhava havia tanto tempo pudesse um dia cessar. Nunca tive uma verdadeira imaginação. No entanto, tentava imaginar um certo momento em que a batida desse coração não mais se prolongaria na minha cabeça. Mas não adiantava. A madrugada e o recurso estavam sempre lá. Acabava chegando à conclusão de que o mais sensato era não me tentar refrear.

Era de madrugada que viriam, eu sabia. Ocupei as minhas noites, em suma, a esperar por esta madrugada. Nunca gostei de ser surpreendido. Quando me acontece alguma coisa, prefiro estar presente. Eis por que, no final, acabei por só dormir um pouco de dia, enquanto ao longo de minhas noites esperava pacientemente que a luz nascesse na vidraça do céu. O mais difícil era a hora duvidosa em que eu sabia que eles geralmente agiam. Depois da meia-noite, esperava e ficava à espreita. Nunca o meu ouvido captara tantos ruídos e distinguira sons tão tênues. Aliás, posso afirmar que de certo modo tive sorte durante todo esse período, pois nunca cheguei a ouvir passos. Mamãe costumava dizer que nunca se é completamente infeliz. Concordava com ela na prisão quando o céu se coloria e um novo dia se insinuava na minha cela. Porque poderia ter ouvido passos, e meu coração poderia ter arrebentado. Mesmo que o menor resvalar me atirasse de encontro à porta, mesmo que, com a orelha colada à madeira, eu esperasse loucamente até ouvir minha própria respiração, apavorado por achá-la rouca e tão parecida com o estertor de um cão, no final o meu coração não arrebentava e eu ganhava mais vinte e quatro horas.

Durante todo o dia havia o meu recurso. Acho que tirei o melhor partido possível dessa ideia. Avaliava a minha situação e obtinha dessas reflexões o melhor dos rendimentos. Começava sempre pela suposição mais pessimista: meu recurso seria rejeitado. "Pois bem, então morrerei." Mais cedo do que outros, evidentemente. Mas todos sabem que a vida não vale a pena ser vivida. No fundo, não ignorava que tanto faz morrer aos trinta ou aos setenta anos, pois em qualquer dos casos outros homens e outras mulheres viverão, e isso durante milhares de anos. Afinal, nada mais claro. Hoje, ou daqui a vinte anos, era sempre eu quem morria. Nesse momento, o que perturbava um pouco no meu raciocínio era esse frêmito terrível que sentia em mim ao pensar nesses vinte anos que faltavam para viver. O que tinha a fazer era sufocar essa sensação, imaginando o que seriam os meus pensamentos daqui a vinte anos, quando, apesar de tudo, chegasse a hora. A partir do momento em que se morre, é evidente que não importa como e quando. Portanto — e o difícil era não perder de vista tudo o que este "portanto" representava em matéria de raciocínio —, portanto, o melhor era aceitar a rejeição do meu recurso.

Nesse momento, e somente nesse momento, eu tinha, por assim dizer, o direito, dava a mim mesmo licença para abordar a segunda hipótese: a da concessão do indulto. O penoso era tornar menos impetuoso esse arrebatamento do sangue e do corpo, que me animava os olhos com uma alegria insensata. Precisava dedicar-me a reduzir esse grito, a racionalizá-lo. Precisava ver com naturalidade mesmo essa hipótese, para tornar mais plausível a minha resignação no primeiro caso. Quando conseguia, ganhava uma hora de calma. E isso, apesar de tudo, era considerável.

Foi num momento assim que mais uma vez me recusei a receber o capelão. Estava deitado e adivinhava a chegada da noite de verão por um certo tom dourado do céu. Acabava de rejeitar meu recurso e podia sentir as ondas do sangue circularem regularmente em mim. Não tinha necessidade de receber o capelão. Pela primeira vez em muito tempo pensei em Marie. Havia muitos dias que não me escrevia mais. Naquela noite, pensei muito e disse a mim mesmo que ela talvez se tivesse cansado de ser amante de um condenado à morte. Veio-me a ideia de que ela talvez estivesse doente ou morta. Era a ordem natural das coisas. Como poderia eu saber, já que, além dos nossos corpos agora separados, nada nos ligava, nada nos lembrava um ao outro. A partir desse momento, aliás, a lembrança de Marie me passaria a ser indiferente. Morta, deixaria de me interessar. Achava isso normal, assim como compreendia muito bem que as pessoas me esquecessem depois da minha morte. Já não tinham nada a fazer comigo. Nem sequer podia dizer que me era penoso pensar nisso.

Foi nesse instante preciso que o capelão entrou. Quando o vi, senti um pequeno tremor. Ele percebeu e disse-me que não tivesse medo. Disse-lhe que habitualmente ele vinha em outra ocasião. Respondeu-me que era apenas uma visita amigável, que nada tinha a ver com o meu recurso, a respeito do qual nada sabia.

Sentou-se na minha cama e convidou-me a instalar-me perto dele. Recusei. Achei que tinha, apesar de tudo, um ar bastante amável.

Ficou sentado por um momento com os antebraços sobre os joelhos, a cabeça baixa, olhando para as mãos. Elas eram finas e musculosas, lembravam-me dois animais ágeis. Esfregou-as lentamente uma na outra. Depois, ficou assim, sempre de cabeça baixa, durante tanto tempo que por instantes tive a impressão de que o esquecera.

Mas, pouco depois, levantou bruscamente a cabeça e olhou-me de frente.

— Por que recusa as minhas visitas?

Respondi que não acreditava em Deus. Quis saber se tinha certeza disso e eu respondi que não valia a pena fazer-me tal pergunta: parecia-me sem importância. Chegou então para trás e encostou-se à parede, as mãos estendidas sobre as coxas. Quase sem dar a impressão de me falar, observou que às vezes acreditamos ter certeza e, na realidade, não temos. Eu nada dizia. Olhou-me e me interrogou:

— Que acha disso?

Respondi que era possível. Em todo caso, eu talvez não tivesse certeza do que realmente me interessava, mas tinha toda certeza do que não me interessava. E, justamente, o assunto de que falava era dos que não me interessavam.

Desviou os olhos e, sempre sem mudar de posição, perguntou-me se eu não falava assim por excesso de desespero. Expliquei-lhe que não estava desesperado. Tinha apenas medo, como era natural.

— Deus irá ajudá-lo, então — observou. — Todos os que conheci no seu caso se voltaram para Ele.

Reconheci que era um direito deles. Isso provava também que tinham tempo para isso. Quanto a mim, não queria que ninguém me ajudasse e justamente me faltava tempo para me interessar pelo que não me interessava.

Nesse momento, esboçou com as mãos um gesto de irritação, mas endireitou-se e arrumou as dobras da batina. Quando acabou, dirigiu-se a mim tratando-me de "meu amigo": se me falava dessa forma, não era por eu ser um condenado à morte; na sua opinião, todos nós estávamos condenados à morte. Mas eu o interrompi dizendo que não era a mesma coisa e que, aliás, isso não servia de forma alguma como consolo.

— Está certo — aprovou ele. — Mas se não morrer hoje, morrerá mais tarde. Surgirá o mesmo problema. Como irá abordar essa terrível prova?

Respondi que a abordaria exatamente como o fazia agora.

Ouvindo isto, levantou-se e fitou-me bem nos olhos. Era um jogo que eu conhecia bem. Divertia-me muitas vezes em praticá-lo com Emmanuel ou com Céleste, e em geral eles desviavam os olhos. Vi logo que o capelão também conhecia bem esse jogo: seu olhar não tremia. E a voz também não tremeu quando disse:

— Não tem então nenhuma esperança e consegue viver com o pensamento de que vai morrer todo por inteiro?

— Sim — respondi.

Baixou então a cabeça e voltou a sentar-se. Disse que lamentava. Achava isso impossível de suportar para um homem. Quanto a mim, senti apenas que ele começava a me entediar. Voltei-me, por minha vez, e fui para debaixo da claraboia. Estava com o ombro encostado à parede. Sem acompanhá-lo com muita atenção, percebi que recomeçava a me interrogar. Falava com uma voz inquieta e insistente. Compreendi que estava comovido e escutei-o melhor.

Dizia-me ter a certeza de que meu recurso seria acolhido, mas que eu carregava o peso de um pecado do qual precisava me livrar. Na sua opinião, a justiça dos homens não era nada, e a justiça de Deus, tudo. Observei que fora a primeira que me condenara. Respondeu-me que ela nem por isso me lavara do meu pecado. Disse-lhe que não sabia o que era um pecado. Tinham-me dito apenas que era culpado. Eu era culpado, ia pagar, não podiam me pedir mais nada. Nesse momento, levantou-se, e eu pensei que, nessa cela tão estreita, se quisesse mover-se, não tinha escolha. Só podia levantar-se ou se sentar.

Eu tinha os olhos fixos no chão. Ele deu um passo na minha direção e deteve-se, como se não ousasse avançar. Olhava o céu através das grades.

— Está enganado, meu filho — disse ele. — Poderiam pedir-lhe ainda mais. E talvez peçam.

— Mais o quê?

— Poderiam pedir-lhe para ver.

— Ver o quê?

O padre olhou à sua volta e respondeu, com uma voz subitamente muito cansada:

— Todas essas pedras transpiram dor, eu bem sei. Nunca olhei para elas sem angústia. Mas, do fundo do coração, sei também que os mais miseráveis dentre vocês viram sair de sua obscuridade um rosto divino. É esse rosto que lhe pedem para ver.

Animei-me um pouco. Disse-lhe que olhava para essas paredes havia meses e meses. Não havia nada nem ninguém no mundo que eu conhecesse melhor. Talvez, há muito tempo, eu houvesse procurado nelas um rosto. Mas esse rosto tinha a cor do sol e a chama do desejo: era o de Marie. Procurei-o em vão. Agora, estava acabado. E, de qualquer forma, nunca vira surgir nada desse suor de pedra.

O capelão olhou-me com uma espécie de tristeza. Eu estava agora completamente encostado à parede e o dia escorria-me pela testa. Disse algumas palavras que não ouvi e perguntou, muito rapidamente, se permitia que me abraçasse.

— Não — respondi.

Voltou-se e encaminhou-se para a parede sobre a qual passou lentamente a mão.

— Gosta tanto assim desta terra? — murmurou. Nada respondi.

Ficou de costas muito tempo. Sua presença me pesava e me irritava. Ia dizer-lhe que fosse embora, que me deixasse, quando, virando-se para mim, exclamou de repente, com uma espécie de arroubo:

— Não, não consigo acreditar. Tenho certeza de que já lhe ocorreu desejar uma outra vida.

Respondi-lhe que naturalmente, mas que isso era tão importante quanto desejar ser rico, nadar muito depressa ou ter uma boca mais bem-feita. Era da mesma ordem. Mas ele me deteve e quis saber como eu imaginava essa outra vida. Então, gritei:

— Uma vida na qual eu pudesse lembrar desta vida. — E disse-lhe, logo depois, que já bastava. Queria continuar a me falar em Deus, mas eu avancei para ele e tentei explicar-lhe, pela última vez, que já não dispunha de muito tempo. Não queria perdê-lo com Deus. Tentou mudar de assunto, perguntando-me por que motivo eu o tratava de "senhor" e não de "meu pai".[58] Isso me enervou e respondi-lhe que ele não era meu pai: estava do lado dos outros.

— Não, meu filho — disse ele, pondo a mão no meu ombro. — Estou com você. Mas não pode saber, porque tem um coração cego. Rezarei por você.

Então, não sei por quê, qualquer coisa se partiu dentro de mim. Comecei a gritar em altos berros, insultei-o e disse-lhe para não rezar. Agarrara-o pela gola da batina. Despejava nele todo o âmago do meu coração com repentes de alegria e de cólera. Tinha

---

58 *Mon père* — tratamento que os franceses dão aos padres. [N. T.]

um ar tão confiante, não tinha? No entanto, nenhuma das suas certezas valia um cabelo de mulher. Nem sequer tinha certeza de estar vivo, já que vivia como um morto. Eu parecia ter as mãos vazias. Mas estava certo de mim mesmo, certo de tudo, mais certo do que ele, certo da minha vida e dessa morte que se aproximava. Sim, só tinha isso. Mas ao menos agarrava essa verdade tanto quanto essa verdade se agarrava a mim. Tinha tido razão, ainda tinha razão, teria sempre razão. Vivera de uma certa maneira e poderia ter vivido de outra. Fizera isso e não fizera aquilo. Não fizera determinada coisa, ao passo que fizera essa outra. E depois? Era como se durante todo o tempo tivesse esperado por esse minuto e por essa madrugada em que seria justificado. Nada, nada tinha importância, e eu sabia bem por quê. Também ele sabia por quê. Do fundo do meu futuro, durante toda essa vida absurda que eu levara, subira até mim, através dos anos que ainda não tinham chegado, um sopro obscuro, e esse sopro igualava, em sua passagem, tudo o que me haviam proposto nos anos, não mais reais, que eu vivia. Que me importavam a morte dos outros, o amor de uma mãe, que me importavam o seu Deus, as vidas que as pessoas escolhem, os destinos que as pessoas elegem, já que um só destino devia eleger-me a mim próprio e, comigo, milhares de privilegiados que, como ele, se diziam meus irmãos? Ele compreendia, será que compreendia? Todos eram privilegiados. Só havia privilegiados. Também os outros seriam um dia condenados. Também ele seria condenado. Que importava se, acusado de um crime, ele fosse executado por não ter chorado no enterro de sua mãe? O cão de Salamano valia tanto quanto a mulher dele. A mulherzinha-autômato era tão culpada quanto a parisiense com quem Masson se casara, ou quanto Marie, que queria que eu me casasse com ela. Que importava que Raymond fosse tão meu amigo quanto Céleste, que valia mais do que ele? Que importava que Marie oferecesse hoje a boca a um novo Meursault? Será que compreendia, portanto, esse condenado, e que do fundo do meu futuro... Sufocava ao gritar tudo isso. Mas já me arrancavam das mãos o capelão e os guardas me ameaçavam. Foi ele, no entanto, quem os acalmou e me olhou por um momento em silêncio. Tinha os olhos cheios de lágrimas. Voltou-se e desapareceu.

Depois que partiu, reencontrei a calma. Estava esgotado. Atirei-me sobre o leito. Acho que dormi, pois acordei com estrelas sobre o rosto. Subiam até mim os ruídos do campo. Aromas de noite, de terra e de sal refrescavam-me as têmporas. A paz maravilhosa desse verão adormecido entrava em mim como uma maré. Nesse momento, e no limite da noite, soaram sirenes. Anunciavam partidas para um mundo que me era para sempre indiferente. Pela primeira vez em muito tempo, pensei em mamãe. Pareceu-me compreender por que, ao fim de uma vida, arranjara um "noivo", porque recomeçara. Lá, também lá, ao redor daquele asilo onde as vidas se apagavam, a noite era como uma trégua melancólica. Tão perto da morte, mamãe deve ter-se sentido liberada e pronta a reviver tudo. Ninguém, ninguém tinha o direito de chorar por ela. Também eu me senti pronto a reviver tudo. Como se essa grande cólera me tivesse purificado do mal, esvaziado de esperança, diante dessa noite carregada de sinais e de estrelas eu me abria pela primeira vez à terna indiferença do mundo. Por senti-lo tão parecido comigo, tão fraternal, enfim, senti que tinha sido feliz e que ainda o era. Para que tudo se consumasse, para que me sentisse menos só, restava-me desejar que houvesse muitos espectadores no dia da minha execução e que me recebessem com gritos de ódio.

Este livro foi composto na tipografia
ITC Century, em corpo 10/18.
Nas aberturas foi utilizada a tipografia Alte Haas Grotesk.
Impresso em papel off-white na Geográfica.